¿Quién mató a Palomino Molero?

Mario Vargas Llosa nació en Arequipa, Perú, en 1936. Aunque había estrenado un drama en Piura y publicado un libro de relatos, *Los jefes*, que obtuvo el Premio Leopoldo Alas, su carrera literaria cobró notoriedad con la publicación de *La ciudad y los perros*, Premio Biblioteca Breve (1962) y Premio de la Crítica (1963). En 1965 apareció su segunda novela, *La casa verde*, que obtuvo el Premio de la Crítica y el Premio Internacional Rómulo Gallegos. Posteriormente ha publicado piezas teatrales (*La señorita de Tacna, Kathie y el hipopótamo, La Chunga, El loco de los balcones, Ojos bonitos, cuadros feos* y *Las mil noches y una noche*), estudios y ensayos (como *La orgía perpetua, La verdad de las mentiras, La tentación de lo imposible* y *El viaje a la ficción*), memorias (*El pez en el agua*), relatos (*Los cachorros*) y, sobre todo, novelas: *Conversación en La Catedral, Pantaleón y las visitadoras, La tía Julia y el escribidor, La guerra del fin del mundo, Historia de Mayta, ¿Quién mató a Palomino Molero?, El hablador, Elogio de la madrastra, Lituma en los Andes, Los cuadernos de don Rigoberto, La Fiesta del Chivo, El Paraíso en la otra esquina* y *Travesuras de la niña mala*. Ha obtenido los más importantes galardones literarios, desde los ya mencionados hasta el Premio Cervantes, el Príncipe de Asturias, el PEN/Nabokov, el Grinzane Cavour y el Premio Nobel de Literatura 2010. Su último libro es *El viaje del celta* (2010).

www.mvargasllosa.com

¿Quién mató a Palomino Molero?

Mario
Vargas Llosa

punto de lectura

© 1986, Mario Vargas Llosa
© De esta edición:
2010, Santillana Ediciones Generales, S.L.
Torrelaguna, 60. 28043 Madrid (España)
Teléfono 91 744 90 60
www.puntodelectura.com

ISBN: 978-84-663-2133-4
Depósito legal: B-12.063-2011
Impreso en España – Printed in Spain

© Imagen de cubierta: Pep Carrió

Primera edición: noviembre 2010
Segunda edición: marzo 2011

Impreso por **blackprint**
A CPI COMPANY

ÍNDICE

PRÓLOGO

ESCRIBÍ ¿*Quién mató a Palomino Molero?* por la indignación que me produjo el asesinato de un joven avionero de
la base aérea militar de Talara que quedó misteriosamen-
te silenciado por la burocracia oficial y los manes de la dictadura que sufríamos los peruanos en los años 70. Talara
es un puerto piurano donde yo pasé vacaciones alguna
vez de niño, en una época en que yo vivía con mis abuelos
y era muy feliz. La memoria y la nostalgia de esa época y
el furor con que viví los años de aquella dictadura son la
materia prima de esta fantaseada explicación de aquel asesinato. Escribí esta novela en Lima y con más facilidad
que otras historias. Luego de haber dedicado más de tres
años y afanosos empeños a *La guerra del fin del mundo*, escribir ¿*Quién mató a Palomino Molero?* fue como una vacación,
como un premio, y un secreto homenaje a las películas po-
liciales, un género predilecto desde que empecé a ir al cine
en mi infancia cochabambina.

MARIO VARGAS LLOSA
Nueva York, junio de 2008

A José Miguel Oviedo

I

—Jijunagrandísimas —balbuceó Lituma, sintiendo que iba a vomitar—. Cómo te dejaron, flaquito.

El muchacho estaba a la vez ahorcado y ensartado en el viejo algarrobo, en una postura tan absurda que más parecía un espantapájaros o un No Carnavalón despatarrado que un cadáver. Antes o después de matarlo lo habían hecho trizas, con un ensañamiento sin límites: tenía la nariz y la boca rajadas, coágulos de sangre reseca, moretones y desgarrones, quemaduras de cigarrillo, y, como si no fuera bastante, Lituma comprendió que también habían tratado de caparlo, porque los huevos le colgaban hasta la entrepierna. Estaba descalzo, desnudo de la cintura para abajo, con una camisita hecha jirones. Era joven, delgado, morenito y huesudo. En el dédalo de moscas que revoloteaban alrededor de su cara relucían sus pelos, negros y ensortijados. Las cabras del churre remoloneaban en torno, escarbando los pedruscos del descampado en busca de alimentos, y a Lituma se le ocurrió que en cualquier momento empezarían a mordisquear los pies del cadáver.

—¿Quién carajo hizo esto? —balbuceó, conteniendo la náusea.

—Yo qué sé —dijo el churre—. Por qué me carajea a mí, qué culpa tengo. Agradezca que fuera a avisarle.

—No te carajeo a ti, churre —murmuró Lituma—. Carajeo porque parece mentira que haya en el mundo gente tan perversa.

El churre debió llevarse el susto de su vida esa maña-na, al pasar con sus cabras por este pedregal y toparse con semejante espectáculo. Se había portado como un ciudadano ejemplar, el churre. Dejó al rebaño pastando piedras junto al cadáver y corrió a Talara a dar parte a la comisaría. Tenía mérito, porque Talara estaba lo menos a una hora de caminata desde aquí. Lituma recordó su carita sudada y su voz de escándalo cuando se apareció en la puerta del Puesto:

—Han matado a un tipo, allá, en el camino a Lobitos. Si quieren, los llevo, pero ya mismo. Dejé sueltas las cabras y me las pueden robar.

No le habían robado ninguna, felizmente; al llegar, en medio del sacudón que fue para él ver el estado del muerto, el guardia había entrevisto al chiquillo contando el rebaño con sus dedos y lo oyó suspirar, aliviado: «Toditititas».

—Por la santísima Virgen —exclamó el taxista, a su espalda—. Pero, pero, qué es esto.

En el trayecto, el churre les había descrito más o menos lo que verían pero una cosa era imaginárselo y otra verlo y olerlo. Porque también apestaba feísimo. No era para menos, con ese sol que parecía taladrar piedras y cráneos. Se estaría descomponiendo a toda carrera.

—¿Me ayuda a descolgarlo, don? —dijo Lituma.

—Qué remedio —gruñó el taxista, santiguándose. Lanzó un escupitajo hacia el algarrobo—. Si me hubieran dicho para qué iba a servir el Ford, no me lo compraba ni de a vainas. Usted y el teniente abusan porque me creen muy manso.

Don Jerónimo era el único taxista de Talara. Su viejo carromato, negro y grande como una carroza funeraria, podía incluso pasar cuantas veces quisiera la reja que separaba al pueblo de la zona reservada donde estaban las oficinas y las casas de los gringos de la International Petroleum Company. El teniente Silva y Lituma utilizaban el taxi cada vez que debían hacer un desplazamiento demasiado largo para los caballos y la bicicleta, únicos medios de transporte del Puesto de la Guardia Civil. El taxista gruñía y protestaba cada vez que lo llamaban, diciendo que lo hacían perder plata, a pesar de que en estos casos el teniente le pagaba la gasolina.

—Espere, don Jerónimo, ahora me acuerdo —dijo Lituma, cuando ya iban a coger al muerto—. No podemos tocarlo hasta que venga el juez y haga el reconocimiento.

—Esa vaina quiere decir que voy a tener que hacer el viajecito otra vez —carraspeó el viejo—. Le advierto que el juez me paga la carrera o se busca otro cacaseno.

Y, casi en el acto, se dio un golpecito en la frente. Abriendo mucho los ojos, acercó la cara al cadáver.

—¡Pero si a éste lo conozco! —exclamó.

—¿Quién es?

—Uno de esos avioneros que trajeron a la Base Aérea con la última leva —se animó la expresión del viejo—. Él es. El piuranito que cantaba boleros.

II

—¿Cantaba boleros? Entonces, tiene que ser el que te dije, primo —aseguró el Mono.

—Es —asintió Lituma—. Lo averiguamos y es. Palomino Molero, de Castilla. Sólo que eso no resuelve el misterio de quién lo mató.

Estaban en el barcito de la Chunga, en las vecindades del Estadio, donde debía haber un match de box porque hasta ellos llegaban, clarito, los gritos de los hinchas. El guardia había venido a Piura aprovechando su día franco; un camionero de la International lo había traído en la mañana y lo regresaría a Talara a medianoche. Siempre que venía a Piura, mataba el tiempo con sus primos León —José y el Mono— y con Josefino, un amigo del barrio de la Gallinacera. Lituma y los León eran de la Mangachería y había una rivalidad tremenda entre mangaches y gallinazos, pero la amistad entre los cuatro había superado esa barrera. Eran uña y carne, tenían su himno y se llamaban a sí mismos los inconquistables.

—Resuélvelo y te ascenderán a general, Lituma —hizo una morisqueta el Mono.

—Va a estar difícil. Nadie sabe nada, nadie ha visto nada, y, lo peor de todo, la autoridad no colabora.

—¿Acaso la autoridad allá en Talara no es usted, compadre? —se sorprendió Josefino.

—El teniente Silva y yo somos la autoridad policial. La que no coopera es la Aviación. Y, como el flaquito era avionero, si ellos no cooperan, quién carajo va a cooperar —Lituma sopló la espuma de su vaso y bebió un trago de cerveza abriendo la boca como un cocodrilo—. Jijunagranputas. Si ustedes hubieran visto cómo lo dejaron, no estarían tan felices, planeando ir al burdel. Y entenderían que yo no pueda pensar en otra cosa.

—Entendemos —dijo Josefino—. Pero aburre pasárselas hablando de un cadáver. No jodas más con tu muertito, Lituma.

—Eso te pasa por meterte de cachaco —dijo José—. Trabajar es enroncharse. Y, además, tú no sirves para eso. Un cachaco debe tener corazón de piedra, ser un conchesumadre si hace falta. Tú eres un sentimental de mierda, más bien.

—Es verdad, lo soy —admitió Lituma, abatido—. No puedo quitarme al flaquito de la cabeza. Tengo pesadillas, me parece que me jalan los huevos como a él. Pobrecito: los tenía hasta las rodillas y aplastados como huevos fritos.

—¿Se los tocaste, primo? —se rió el Mono.

—A propósito de huevos, ¿el teniente Silva se tiró ya a la gorda? —preguntó José.

—Ese polvo nos tiene a todos en pindingas —añadió Josefino—. ¿Ya se la tiró?

—Al paso que va, se morirá sin tirársela —suspiró Lituma.

José se levantó de la mesa:

—Bueno, vámonos al cine a hacer tiempo, porque antes de medianoche el bulín es un velorio. En el Variedades dan una de charros, con Rosita Quintana. El cachaco invita, por supuesto.

—No tengo plata ni para esta cerveza —dijo Lituma—. ¿Me vas a fiar, no, Chunguita?

—Que te fíe la que ya sabes —repuso la Chunga, desde el mostrador, con aire aburrido.

—Me imaginaba lo que me ibas a contestar —dijo Lituma—. Lo hacía por fregarte, nomás.

—Anda a fregar a la que ya sabes —bostezó la Chunga.

—Dos a cero —hizo una morisqueta el Mono—. Gana la Chunga.

—No te calientes, Chunguita —dijo Lituma—. Aquí tienes lo que te debo. Y no te metas con mi mamacita, que la pobre está muerta y enterrada en Simbilá.

La Chunga, mujer alta y desabrida, sin edad, cogió los billetes, los contó y le dio el vuelto cuando el guardia, los León y Josefino ya salían.

—Una pregunta, Chunguita —la desafió Josefino—. ¿Ningún cliente te ha roto una botella en la cabeza por contestar como contestas?

—De cuándo acá tan curioso —repuso la Chunga, sin dignarse mirarlo.

—Pues un día alguien te la va a romper, por ser tan simpática.

—Apuesto que no serás tú —bostezó la Chunga, acomodada de nuevo en el mostrador, una fila de barriles con un tablón encima.

Los cuatro inconquistables cruzaron el arenal hasta la carretera, pasaron frente al club de los blanquitos de Piura y caminaron en dirección al monumento a Grau. La noche estaba tibia, quieta y con muchas estrellas. Olía a algarrobos, a cabras, a caca de piajeno, a fritura, y Lituma, sin poder quitarse de la cabeza la imagen de Palomino Molero ensartado y despedazado, se preguntó si se arrepentía de haberse hecho cachaco y de no vivir ya en la bohemia de un inconquistable. No, no se arrepentía. Aunque fuera jodido trabajar, ahora comía todos los días y su vida estaba libre de la incertidumbre de antes. José, el Mono y Josefino silbaban un vals, haciendo contrapunto, y él trataba de imaginar el acento arrullador y la melodía envolvente con que, según todos, cantaba boleros el flaquito. En la puerta del Variedades se despidió de sus primos y de Josefino. Les mintió: el camionero de la International regresaría a Talara más temprano que otras veces y no quería quedarse sin movilidad. Trataron de sablearle unos soles, pero no les aflojó ni medio.

Echó a andar hacia la plaza de Armas. En el trayecto, divisó en una esquina al poeta Joaquín Ramos, de monóculo, tirando a la cabra a la que llamaba su gacela. La plaza estaba llena de gente, como si fuera a haber retreta. Lituma no prestó atención a los transeúntes y, deprisa, como quien va a una cita de amor, cruzó el Viejo Puente hacia Castilla. La idea había tomado cuerpo mientras bebía cerveza donde la Chunga. ¿Y si la señora no estaba? ¿Y si, para olvidar su desgracia, se había mudado a otra ciudad?

Pero encontró a la mujer en la puerta de su casa, sentada en un banquito, tomando el fresco de la noche mientras desgranaba unas mazorcas en una batea. Por la puerta abierta de la casita de barro se veía, en la habitación iluminada por una lámpara de queroseno, el escaso mobiliario: sillas de paja, algunas desfondadas, una mesa, unos porongos, un cajón que debía hacer las veces de aparador, y una foto coloreada. «El flaquito», pensó.

—Buenas —dijo, deteniéndose frente a la mujer. Advirtió que estaba descalza y con el mismo vestido negro que tenía esa mañana, en la comisaría de Talara.

Ella murmuró «buenas noches» y lo miró sin reconocerlo. Unos perros escuálidos se olisqueaban y gruñían alrededor. A lo lejos, había un bordoneo de guitarras.

—¿Podría conversar un ratito con usted, doña Asunta? —preguntó, con voz respetuosa—. Sobre su hijito Palomino.

En la media penumbra, Lituma alcanzó a ver la cara surcada de arrugas y sus ojitos casi cubiertos por los abultados párpados, escudriñándolo con desconfianza. ¿Habría tenido así los ojos siempre o se le hincharían en los últimos días de tanto llorar?

—¿No me reconoce? Soy el guardia Lituma, del Puesto de Talara. El que estaba allá cuando el teniente Silva le tomó la declaración.

La señora se persignó, gruñendo algo incomprensible, y Lituma la vio ponerse de pie, trabajosamente. Entró a la casa arrastrando la batea llena de granos de maíz y el banquito. La siguió, y, apenas estuvo bajo techo, se quitó la gorra. Lo impresionaba pensar que éste había sido el hogar del flaquito. Lo que estaba haciendo no era una diligencia ordenada por su superior sino una iniciativa propia; con tal que no le trajera dolores de cabeza.

—¿La encontraron? —musitó la mujer, con la misma voz temblorosa que en Talara, mientras hacía la declaración. Se dejó caer en una silla y, como Lituma la miraba sin comprender, alzó la voz—: La guitarra de mi hijo. ¿La encontraron?

—Todavía no —dijo Lituma, recordando. La señora Asunta había insistido muchísimo, mientras hipaba y respondía a las preguntas del teniente Silva, en que le entregaran la guitarra del flaquito. Pero, después que la señora partió, ni él ni el teniente se acordaron del asunto—. No se preocupe. Tarde o temprano la encontraremos y se la traeré personalmente.

Ella volvió a santiguarse y a Lituma le pareció que lo exorcizaba. «Le recuerdo su desgracia», pensó.

—Él quiso dejarla aquí y yo le dije llévatela, llévatela —la oyó salmodiar, con su boca en la que apenas sobrevivía uno que otro diente—. No, mamacita, en la Base no tendré tiempo de tocar, no sé si habrá un ropero para guardarla. Que se quede aquí, tocaré cuando venga a Piura. No, no, hijito, llévatela, para que te entretengas, para que te acompañes cuando cantes. No te prives de tu guitarra que te gusta tanto, Palomino. Ay, ay, ay, pobre mi hijito.

Arrancó a llorar y Lituma lamentó haber venido a traer malos recuerdos a la mujer. Balbuceó algunas palabras de consuelo, rascándose el pescuezo. Para hacer algo, se sentó. Sí, la fotografía era de él, haciendo su primera comunión. Contempló largo rato la carita alargada y angulosa del niño moreno, con el pelo bien asentado, vestido de blanco, un cirio en la mano derecha, un misal en la izquierda y un escapulario en el pecho. El fotógrafo le había enrojecido las mejillas y los labios. Un churre enclenque, de carita arrobada, como si estuviera viendo al Niño Dios.

—Ya en esa época cantaba lindísimo —gimoteó doña Asunta, señalando la fotografía—. El padre García lo hacía cantar en el coro a él solito y en la misma misa lo aplaudían.

—Todos dicen que tenía una voz regia —comentó Lituma—. Que hubiera sido un artista, uno de esos que cantan por la radio y hacen giras. Todos lo dicen. Los artistas no deberían hacer servicio militar, tendrían que exceptuarlos.

—Palomino no tenía que hacer el servicio militar —dijo la señora Asunta—. Estaba exceptuado.

Lituma le buscó los ojos. La señora se santiguó y se puso a llorar de nuevo. Mientras la oía llorar, Lituma observaba los insectos que revoloteaban en torno a la lámpara. Eran decenas, se precipitaban zumbando contra el vidrio una y otra vez, tratando de alcanzar la llama. Querían suicidarse, los brutos.

—El brujo ha dicho que, cuando la encuentren, los encontrarán a ellos —gimoteó doña Asunta—. Los que tienen su guitarra son los que lo mataron. ¡Asesinos! ¡Asesinos!

Lituma asintió. Tenía ganas de fumar, pero, prender un cigarro, ante el dolor de esta señora, le parecía una irreverencia.

—¿Su hijito estaba exceptuado del servicio militar? —preguntó tímidamente.

—Hijo único de madre viuda —recitó doña Asunta—. Palomino era el único porque los otros dos se me murieron. Es la ley.

—Es verdad, se cometen muchos abusos —Lituma volvió a rascarse el cuello, convencido de que iba a recomenzar el llanto—. ¿O sea que no tenían derecho a levarlo? Qué atropello. Si no lo levan, estaría vivo, seguro.

Doña Asunta negó, mientras se secaba los ojos con el ruedo de la falda. A lo lejos seguía oyéndose el bordoneo de guitarra y a Lituma le vino la fantástica idea de que quien tocaba, allá en la oscuridad, acaso a la orilla del río, mirando la luna, era el flaquito.

—No lo levaron, fue de voluntario —gimoteó doña Asunta—. Nadie lo obligó. Se hizo avionero porque quiso. Él mismo buscó su desgracia.

Lituma se la quedó observando, en silencio. Era una mujer bajita, sus pies descalzos apenas rozaban el suelo.

—Tomó su ómnibus, se fue a Talara, se presentó en la Base y dijo que quería hacer su servicio militar en la Aviación. ¡Pobrecito! Buscó su muerte, señor. Él solito, él solito. ¡Pobre Palomino!

—¿Y por qué no le contó eso al teniente Silva, allá en Talara? —dijo Lituma.

—¿Acaso me preguntó? Yo contesté todo lo que me preguntaron.

Era cierto. Si Palomino tenía enemigos, si lo habían amenazado, si lo había oído discutir o pelearse con alguien, si sabía de alguno que tuviera motivo para querer hacerle daño, si le había dicho que pensaba escaparse de la Base. La señora respondió dócilmente a todas las preguntas: no, nadie, nunca. Pero, era verdad, al teniente no se le había ocurrido preguntarle si el flaquito entró al servicio porque salió sorteado o como voluntario.

—¿O sea que le gustaba la vida militar? —se asombró Lituma. La idea que se había hecho del cantante de boleros era, pues, falsa.

—Eso es lo que no entiendo —sollozó doña Asunta—. ¿Por qué has hecho eso, hijito? ¿Tú de avionero? ¡Tú, tú! ¿Y allá, en Talara? Los aviones se caen, ¿quieres matarme a sustos? Cómo has podido hacer una cosa así, sin consultarme. Porque si te consultaba me hubieras dicho que no, mamacita. Pero entonces por qué, Palomino. Porque necesito irme a Talara. Porque es de vida o muerte, mamacita.

«Más bien de muerte», pensó Lituma.

—¿Y por qué era de vida o muerte para su hijito irse a Talara, señora?

—Eso es lo que nunca supe —se santiguó por cuarta o quinta vez doña Asunta—. No me lo quiso decir y se ha llevado su secreto al cielo. ¡Ay, ay! ¿Por qué me hiciste esto, Palomino?

Una cabrita parda, con pintas blancas, había metido la cabeza en la habitación y miraba a la mujer con sus ojos grandes y piadosos. Una sombra se la llevó, tirando de la soga que la sujetaba.

—Se arrepentiría al poco tiempo de enrolarse —fantaseó Lituma—. Cuando descubrió que la vida militar no era pan comido y hembrita para regalar, como tal vez se creyó. Sino algo muy, muy fregado. Por eso desertaría. Eso, al menos, lo entiendo. Lo que no se comprende es por qué lo mataron. Y de esa manera tan bárbara.

Había pensado en voz alta, pero doña Asunta no parecía haberlo advertido. O sea que se enroló para salir de Piura, porque eso era para él de vida o muerte. Alguien lo habría amenazado aquí en la ciudad y pensó que estaría seguro en Talara, en el interior de una Base Aérea. Pero no pudo resistir la vida militar y desertó. Aquél o aquéllos de quienes huía lo encontraron y lo mataron. ¿Pero, por qué así? Hay que estar locos o ser monstruos para torturar de ese modo a un muchacho que apenas había dejado de ser churre. Muchos se metían al Ejército por penas de amor, también. Pudo ser por una decepción amorosa, tal vez. Estaría muy enamorado de una chica que le dio calabazas, o lo engañó, y, amargado, decidió irse lejos. ¿Adónde? A Talara. ¿Cómo? Metiéndose de avionero. Le parecía posible y a la vez imposible. Volvió a rascarse el cuello, nervioso.

—¿A qué ha venido usted a mi casa? —lo encaró de pronto doña Asunta, con brusquedad.

Se sintió en una posición falsa. ¿A qué había venido, pues? A nada, por pura curiosidad malsana.

—A saber si usted podía darme alguna pista —balbuceó.

Doña Asunta lo miraba disgustada y el guardia pensó: «Se ha dado cuenta que le miento».

—¿Ya no me tuvieron como tres horas allá, diciéndoles lo que sabía? —murmuró, adolorida—. Qué más quieren. Qué más, qué más. ¿Creen que yo sé acaso quién mató a mi hijo?

—No se moleste, señora —se excusó Lituma—. No quiero incomodarla, ya me voy. Muchas gracias por recibirme. Le avisaremos, cualquier cosa.

Se puso de pie, murmuró «buenas noches» y salió, sin darle la mano, porque temió que doña Asunta se la dejara extendida. Se puso el quepis de cualquier modo. A los pocos trancos que dio por la terrosa callecita de Castilla, bajo las estrellas nítidas e incontables, se serenó. Ya no se oía la remota guitarra; sólo voces hirientes de chiquillos, peleándose o jugando, el parloteo de las familias que departían a las puertas de sus casas y algunos ladridos. ¿Qué te pasa?, pensó. ¿Por qué estás tan saltón? Pobre flaquito. No volvería a ser el mangache de antes hasta que no entendiera cómo podía haber en el mundo gentes tan malvadas. Sobre todo que, por donde se le diera la vuelta, la víctima parecía haber sido un churre buena gente, incapaz de hacer daño a una mosca.

Llegó al Viejo Puente y, en lugar de cruzarlo para volver a la ciudad, entró en el Río Bar, erigido con maderas sobre la misma estructura del antiquísimo puente que unía las dos orillas del río Piura. Sentía la garganta áspera como una lija. El Río Bar estaba vacío.

Apenas se sentó en el taburete, se le acercó Moisés, el dueño y cantinero, de largas orejas acampanadas. Le decían Dumbo.

—No me acostumbro a verte de uniforme, Lituma —se burló, alcanzándole un jugo de lúcuma—. Me pareces disfrazado. ¿Y los inconquistables?

—Se fueron a ver una de charros —dijo Lituma, bebiendo con avidez—. Yo tengo que regresar a Talara ahorita mismo.

—Qué jodido lo de Palomino Molero —dijo Moisés, ofreciéndole un cigarrillo—. ¿Cierto que le cortaron los huevos?

—No se los cortaron, se los descolgaron de un jalón —murmuró Lituma, disgustado. Era lo primero que todos querían saber. Ahora también Moisés se pondría a hacer bromas con los huevos del flaquito.

—Bueno, es lo mismo —Dumbo movió las enormes orejas como si fueran las alas de un gran insecto. Era también narigón y de barbilla protuberante. Todo un fenómeno.

—¿Tú conociste a ese muchacho? —preguntó Lituma.

—Y tú también, estoy seguro. ¿No te acuerdas de él? Los blanquitos lo contrataban para dar serenatas. Lo hacían cantar en fiestas, en la procesión, en el Club Grau. Cantaba como un Leo Marini, te juro. Tienes que haberlo conocido, Lituma.

—Todos me lo dicen. Los León y Josefino cuentan que estábamos juntos una noche que lo hicieron cantar donde la Chunga. Pero yo no me acuerdo.

Entrecerró los ojos y, una vez más, pasó revista a esa serie de noches, tan parecidas, alrededor de una mesita de madera erizada de botellas, con humo que hacía arder los ojos, olor a alcohol, voces de borrachos, siluetas confusas y cuerdas de guitarra entonando valses y tonderos. ¿Distinguía, de pronto, en la turbamulta de esas noches la voz juvenil, templadita, acariciadora, que empujaba a bailar, a abrazar a una mujer, a susurrarle cosas bonitas? No, no aparecía en su memoria por ninguna parte. Sus primos y Josefino se equivocaban. Él no estaba ahí, él no había oído cantar jamás a Palomino Molero.

—¿Averiguaron quiénes son los asesinos? —dijo Moisés, echando humo por la nariz y la boca.

—Todavía —dijo el guardia—. ¿Tú eras amigo de él?

—Venía a veces a tomarse un jugo —repuso Moisés—. No es que fuéramos grandes amigos. Pero, conversábamos.

—¿Era alegre, conversador? ¿O más bien seriote y antipático?

—Callado y timidón —dijo Moisés—. Un romántico, una especie de poeta. Lástima que lo levaran, debió sufrir con la disciplina del cuartel.

—No lo levaron, estaba exceptuado del servicio —dijo Lituma, saboreando las últimas gotas del jugo de lúcuma—. Se presentó voluntario. Su madre no lo entiende. Y yo tampoco.

—Ésas son las cosas que hacen los amantes desengañados —movió las orejas Dumbo.

—Es lo que pienso yo también —asintió Lituma—. Pero eso no aclara quiénes lo mataron ni por qué.

Un grupo de hombres entró en el Río Bar y Moisés fue a atenderlos. Era hora de ir a buscar al camionero de la International que lo regresaría a Talara, pero sentía una gran flojera. No se movió. Veía al flaquito afinando la guitarra, lo veía en la penumbra de las calles donde vivían los blancos de Piura, al pie de las rejas y de los balcones de sus novias y enamoradas, hechizándolas con su linda voz. Lo veía, luego, recibiendo las propinas que le daban por la serenata. ¿Se habría comprado la guitarra juntando esas propinas a lo largo de muchos meses? ¿Por qué era de vida o muerte para él irse de Piura?

—Ahora me acuerdo que sí —dijo Moisés, abanicando con furia las orejas.

—¿Que sí, qué? —Lituma puso sobre el mostrador el dinero por el jugo de lúcuma.

—Que estaba enamorado hasta las cachas. A mí me contó algo. Un amor imposible. Me dijo eso.

—¿Alguna mujer casada?

—¡Qué sé yo, Lituma! Hay muchos amores imposibles. Enamorarse de una monja, por ejemplo. Pero me acuerdo clarito que una vez le oí decir eso. ¿Por qué traes la cara tan amarga, flaco cantor? Porque estoy enamorado, Moisés, y mi amor es imposible. Por eso se metió de avionero, entonces.

—¿No te dijo por qué era imposible su amor? ¿Ni quién era ella?

Moisés negó con la cabeza y las orejas al mismo tiempo:

—Sólo que la veía a escondidas. Y que le daba serenatas, de lejos, por las noches.

—Ya veo —dijo Lituma. Imaginó al flaquito huyendo de Piura por temor a un marido celoso que lo había amenazado de muerte. «Si supiéramos de quién estaba enamorado, por qué su amor era imposible, nos ayudaría mucho.» Tal vez la ferocidad con que lo habían maltratado tenía esa explicación: la rabia de un marido celoso.

—Si eso te ayuda, puedo decirte que su amorcito vivía por el aeropuerto —añadió Moisés.

—¿Por el aeropuerto?

—Una noche estábamos conversando aquí, Palomino Molero sentado donde tú estás. Oyó que un amigo mío se iba a Chiclayo y le preguntó si podía jalarlo hasta el aeropuerto. ¿Y qué vas a hacer en el aeropuerto a estas horas, flaco cantor? «Voy a darle una serenata a mi amorcito, Moisés.» O sea que ella vivía por ahí.

—Pero por allá no vive nadie, allá sólo hay arena y algarrobos, Moisés.

—Piensa un poco, Lituma —agitó las orejas Dumbo—. Busca, busca.

—De veras —se rascó el pescuezo el guardia—. Ahí, al ladito, está la Base Aérea, las casas de los aviadores.

III

—Sí, sí, las casas de los aviadores —repitió el teniente Silva—. Es una pista. Ahora el puta no podrá decir que vamos a hacerle perder tiempo.

Pero Lituma se dio cuenta que el teniente, aunque le seguía la conversación y hablaba de la cita con el jefe de la Base Aérea, tenía cuerpo y alma concentrados en el revoloteo de doña Adriana, que barría la fonda. Sus movimientos, rápidos y despercudidos, levantaban a veces el ruedo de la falda por sobre sus rodillas, dejando entrever el muslo grueso y aguerrido, y, cuando se inclinaba a recoger la basura, descubrían el comienzo de sus pechos, sueltos y altaneros bajo el ligero vestido de percala. Los ojitos del oficial no perdían un movimiento de la dueña de la fondita y brillaban con luz codiciosa. ¿Por qué doña Adriana lo ponía tan arrecho al teniente Silva? Lituma no lo entendía. El teniente era blanquiñoso, joven y pintón, con un bigotito rubio y unos anteojos de sol que se quitaba rara vez; a cualquier chica talareña se la hubiera metido al bolsillo. Pero a él sólo le interesaba doña Adriana. Se lo había confesado a Lituma: «Esta gorda me tiene con garrotillo, carajo». ¿Quién lo entendería? Tenía años como para ser su madre, lucía canas entre los pelos lacios, y, además, era una gorda con redondeces por todas partes, una de esas que llamaban cintura de llanta. Estaba casada con Matías, un pescador que pescaba de noche y dormía de día. La trastienda de la fonda era su hogar. Tenían varios hijos, ya grandes, que vivían por su cuenta y dos de ellos trabajaban como obreros de la International Petroleum Company.

—Si sigue mirando así a doña Adriana se le van a gastar los ojos, mi teniente. Póngase los anteojos, siquiera.

—Es que cada día está más buena moza —murmuró el teniente, sin apartar la vista de las maromas de la escoba de doña Adriana. Se frotó el anillo dorado del anular contra el pantalón y añadió—: No sé qué hace, pero la verdad es que cada día está más rica y más hembra.

Habían tomado un tazón de leche de cabra y un sándwich de queso mantecoso mientras esperaban al taxista. El coronel Mindreau les había dicho a las ocho y media. Eran los únicos parroquianos de la fondita, una débil armazón de cañas, esteras y calaminas, con estanterías llenas de botellas, cajas y latas, unas mesitas chuecas y, en un rincón, el primus donde doña Adriana cocinaba para sus pensionistas. Por una abertura en la pared, sin puerta, se veía, al fondo, el cuartito donde dormía Matías, después de la noche en altamar.

—No sabe las flores que le ha estado echando el teniente mientras usted barría, doña Adriana —dijo Lituma, con sonrisa melosa. La dueña de la fonda regresaba cadereando, la escoba en alto—. Dice que, a pesar de sus años y sus quilitos, es usted la mujer más tentadora de Talara.

—Lo digo porque lo creo —susurró el teniente Silva, poniendo cara de conquistador—. Y, además, es la verdad. La doña lo sabe de sobra.

—En vez de esas majaderías con una madre de familia, dígale a ese teniente que haga su trabajo —suspiró doña Adriana, sentándose en un banquito, junto al mostrador, y poniendo cara de pésame—. Dígale que, en vez de estar fastidiando a señoras casadas, busque a los asesinos de ese muchacho.

—Si los encuentro ¿qué? —el teniente chasqueó la lengua con obscenidad—. ¿Me premiará con una nochecita? Por ese premio los encuentro y se los pongo esposados a sus pies, le juro.

«Lo dice como si la tuviera al palo», pensó Lituma. Se había estado divirtiendo con los juegos del teniente, pero se acordó del flaquito y se le acabó la diversión. Si ese malagracia del coronel Mindreau cooperara, sería más fácil. Si él, que debía tener informaciones, anteceden- tes, que podía interrogar al personal de la Base, quisiera meter el hombro, alguna pista aparecería y echarían ma- no a esos conchas de su madre. Pero el coronel Mindreau era un egoísta. ¿Por qué se negaba a ayudarlos? Porque los aviadores se creían unos príncipes de sangre azul. A la Guardia Civil la choleaban y miraban por sobre el hombro.

—Suelte, so atrevido, o despierto a Matías —se enfu- reció doña Adriana, jaloneando. Le había alcanzado una cajetilla de Inca al teniente Silva y éste le tenía cogida la mano—. Vaya a sobar a su sirvienta, so fresco, no a una madre de familia.

El teniente la soltó, para prender su cigarrillo, y a doña Adriana se le fue el enojo. Siempre era así: se ponía como un fosforito con los piropos y las manos largas, pero, en el fondo, a lo mejor hasta le gustaba. «Todas son un poco putas», pensó Lituma, deprimido.

—En el pueblo no se habla de otra cosa —dijo doña Adriana—. Yo vivo aquí desde que nací y nunca jamás, en todos los años que tengo, se ha visto en Talara matar a nadie con esa maldad. Aquí la gente se mata como Dios manda, peleando de iguales, de hombre a hombre. Pero así, crucificando, torturando, jamás de la vida. Y ustedes no hacen nada, qué vergüenza.

—Estamos haciendo, mamacita —dijo el teniente Sil- va—. Pero el coronel Mindreau no nos ayuda. No me de- ja interrogar a los compañeros de Palomino Molero. Ellos tienen que saber algo. Andamos perdidos por su culpa. Pero la verdad se descubrirá, tarde o temprano.

—Pobre la madre de ese muchacho —suspiró doña Adriana—. El coronel Mindreau se cree el rey de Roma, basta verlo cuando viene al pueblo con su hija del brazo. Ni saluda ni mira. Y ella es peor todavía. ¡Qué humos!

No eran aún las ocho y ya el sol quemaba. Rayos dorados atravesaban las esteras y se filtraban por las junturas de las cañas y las calaminas. La fonda parecía alanceada por esas jabalinas luminosas en las que flotaban corpúsculos de polvo y revoloteaban decenas de moscas. No había mucha gente en la calle. Lituma podía oír, bajito, la rompiente de las olas y el murmurar de la resaca. El mar estaba cerquita y su olor impregnaba el aire. Era un olor rico, que hacía bien, pero tramposo, pues sugería playas acicaladas, de aguas transparentes, y el mar de Talara andaba siempre impregnado de residuos de petróleo y suciedades de los barcos del puerto.

—Dice Matías que el muchacho tenía una voz divina, que era un artista —exclamó doña Adriana.

—¿Don Matías conocía a Palomino Molero? —preguntó el teniente.

—Lo oyó cantar un par de noches, mientras preparaba las redes —dijo doña Adriana.

El viejo Matías Querecotillo y sus dos ayudantes se hallaban cargando las redes y el cebo en El León de Talara, cuando, de repente, los distrajo el bordoneo de una guitarra. La luna estaba tan clara y lúcida que no hacía falta encender la linterna para ver que ese grupito de sombras en la playa eran media docena de avioneros. Fumaban sentados en la arena, entre los botes. Cuando el muchacho empezó a cantar, Matías y sus ayudantes dejaron las redes y se acercaron. El muchacho tenía una voz cálida, de reverberaciones que hacían sentir ganas de llorar y electrizaban la espalda. Cantó *Dos almas* y, cuando terminó, lo aplaudieron. Matías Querecotillo pidió permiso para estrechar la mano del cantante. «Me ha recordado usted mi juventud —lo felicitó—. Me ha puesto triste». Ahí se había enterado que era Palomino Molero, uno de la última leva, un piuranito. «Tú podrías cantar en Radio Piura, Palomino», oyó Matías que decía uno de los avioneros. Desde entonces, el marido de doña Adriana lo había visto un par de veces más, en la misma playa, entre los botes varados, a la hora de ir a alistar El León de Talara. Cada vez, había hecho un alto en la faena para oírlo.

—Si Matías hizo eso y le dijo eso, no hay duda que el muchacho tenía una voz de ángel —aseguró doña Adriana—. Porque Matías no se emociona así nomás, él es más bien frión.

«Se la sirvió en bandeja», pensó Lituma, y, en efecto, el teniente se relamió los labios como un gato:

—¿Quiere decir que ya no sopla, doña Adrianita? Yo la podría calentar, si quiere. Yo más bien soy un carbón ardiendo.

—No necesito que me calienten —se rió doña Adriana—. Cuando hace frío, entibio mi cama con botellas de agua hirviendo.

—El calor humano es más rico, mamacita —ronroneó el teniente Silva, inflando los labios hacia doña Adriana, como si fuera a succionarla.

Y en eso se apareció don Jerónimo a buscarlos. No podía llegar con el taxi hasta la fonda, pues la calle era un arenal donde se hubiera atollado, así que había dejado su

Ford en la pista, a unos cien metros. El teniente Silva y el guardia firmaron el vale por el desayuno y se despidieron de doña Adriana. Afuera, el sol los golpeó sin misericordia. Pese a ser las ocho y cuarto, había un calor de mediodía. En la luz cegadora, parecía que las cosas y las personas irían en cualquier momento a disolverse.

—Talara está llena de murmuraciones —dijo don Jerónimo, mientras andaban, los pies hundiéndose en el suelo blando—. Encuentre a esos asesinos o lo lincharán, teniente.

—Que me linchen —se encogió de hombros el teniente—. Juro que yo no lo maté.

—Andan diciendo cosas —escupió don Jerónimo, cuando llegaron al taxi—. ¿No le han ardido las orejas?

—No me arden nunca —repuso el teniente—. ¿Qué, por ejemplo?

—Que están tapando la vaina porque los asesinos son peces gordos —don Jerónimo le daba a la manivela para encender el motor. Repitió, guiñando un ojo—: ¿Cierto que hay peces gordos, mi teniente?

—No sé si gordos o flacos, no sé si peces o tiburones —el teniente se instaló en el asiento de adelante—. Pero se joderán igual. El teniente Silva se caga olímpicamente en los peces gordos, don Jerónimo. Y, ahora, apúrese, no quiero llegar tarde donde el coronel.

Cierto, el teniente era hombre recto y, por eso, Lituma le tenía, además de aprecio, admiración. Era bocón, lisuriento, algo chupaco, y, cuando se trataba de la gorda cantinera, perdía la chaveta, pero Lituma, en todo el tiempo que llevaba trabajando a sus órdenes, lo había visto esforzarse siempre, en todas las denuncias y querellas que llegaban a la comisaría, por hacer justicia. Y sin preferencia por nadie.

—¿Hasta ahora qué han descubierto, teniente? —don Jerónimo tocaba bocina, pero los churres, los perros, los chanchos, los piajenos y las cabras que se cruzaban delante del taxi no se apresuraban lo más mínimo.

—Ni mierda —admitió el teniente, con una mueca.

—No es mucho —se burló el taxista.

Lituma oyó que su jefe repetía lo que le había dicho esa mañana:

—Pero hoy descubriremos algo, se huele en el aire.

Ya estaban en los confines del pueblo, y, a derecha y a izquierda, se veían las torres de los pozos petroleros, erizando el terreno pelado y pedregoso. A lo lejos, titilaban los techos de la Base Aérea. «Ojalá que siquiera algo», se dijo Lituma, como un eco. ¿Sabrían alguna vez quién y por qué habían matado al flaquito? Más que una necesidad de justicia o de venganza, sentía una curiosidad ávida por ver sus caras, por escuchar los motivos que habían tenido para hacer lo que habían hecho con Palomino Molero.

En la Prevención de la Base, el oficial de servicio los examinó de arriba abajo, como si no los conociera. Y los tuvo esperando bajo el sol candente, sin ocurrírsele hacerlos pasar a la sombra de la oficina. Mientras esperaban, Lituma echó una ojeada al contorno. ¡Puta, qué lecheros! ¡Vivir y trabajar en un sitio así! A la derecha se alineaban las casas de los oficiales, igualitas, de madera, empinadas sobre pilotes, pintadas de azul y de blanco, con pequeños jardines de geranios bien cuidados y rejillas para los insectos en puertas y ventanas. Vio señoras con niños, muchachas regando las flores, oyó risas. ¡Los aviadores vivían casi tan bien como los gringos de la International, carajo! Daba envidia ver todo tan limpio y ordenado. Hasta tenían su piscina, ahí, detrás de las casas. Lituma nunca la había visto pero se la imaginó, llena de señoras y chicas en ropa de baño, tomando el sol y remojándose. A la izquierda estaban las dependencias, hangares, oficinas, y, al fondo, la pista. Había varios aviones formando un triángulo. «Se dan la gran vida», pensó. Como los gringos de la International, éstos, detrás de sus muros y rejas, vivían igual que en las películas. Y gringos y aviadores podían mirarse la cara por sobre las cabezas de los talareños, que se asaban de calor allá abajo en el pueblo, apretado a orillas del mar sucio y grasiento. Porque, desde la Base, sobrevolando Talara, se divisaban en un promontorio rocoso, detrás de rejas protegidas día y noche por vigilantes armados, las casitas de los ingenieros, técnicos y altos empleados de la International. También ellos tenían su piscina, con trampolines y todo, y en el pueblo se decía que las gringas se bañaban medio calatas.

Por fin, después de una larga espera, el coronel Mindreau los hizo pasar a su despacho. Mientras iban hacia las oficinas, entre oficiales y avioneros, a Lituma se le ocurrió: «Algunos de éstos saben lo que ha pasado, carajo».

—Adelante —les dijo el coronel, desde su escritorio.

Hicieron chocar sus tacones, en el umbral, y avanzaron hasta el centro de la pieza. En el escritorio había un banderín peruano, un calendario, una agenda, expedientes, lápices, y varias fotografías del coronel Mindreau con su hija y de ésta sola. Una joven de carita larga y respondona, muy seria. Todo estaba ordenado con manía, igual que los armarios, los diplomas y el gran mapa del Perú que servía de telón de fondo a la silueta del jefe de la Base Aérea de Talara. El coronel Mindreau era un hombre bajito, fortachón, con unas entradas que avanzaban por ambas sienes hasta media cabeza y un bigotito entrecano, milimétricamente recortado. Daba la misma impresión de pulcritud que su escritorio. Los observaba con unos ojitos grises y acerados, sin el menor asomo de bienvenida.

—¿En qué puedo servirlos? —murmuró, con una urbanidad que su expresión glacial contradecía.

—Venimos otra vez por el asesinato de Palomino Molero —repuso el teniente, con mucho respeto—. A solicitarle su colaboración, mi coronel.

—¿No he colaborado ya? —lo atajó el coronel Mindreau. En su vocecita había como un sedimento de burla—. ¿No estuvieron en este mismo despacho hace tres días? Si perdió el memorándum que le di, conservo una copia.

Abrió rápidamente un expediente que tenía frente a él, sacó un papelito y leyó, con voz átona:

«Molero Sánchez, Palomino. Nacido en Piura el 13 de febrero de 1936, hijo legítimo de doña Asunta Sánchez y de don Teófilo Molero, difunto. Instrucción primaria completa y secundaria hasta tercero de Media en el Colegio Nacional San Miguel de Piura. Inscrito en la clase de 1953. Comenzó a servir en la Base Aérea de Talara el 15 de enero de 1954, en la Tercera Compañía, donde, bajo el mando del teniente Adolfo Capriata, recibió instrucción junto con los demás reclutas que iniciaban su servicio. Desapareció de la Base en la noche del 23 al 24 de marzo, no reportándose a su compañía luego de haber gozado de un día de franco. Se le declaró desertor y se dio parte a la autoridad correspondiente.»

El coronel carraspeó y miró al teniente Silva:

—¿Quiere una copia?

«¿Por qué nos odias?», pensó Lituma. «¿Y por qué eres tan déspota, concha de tu madre?»

—No hace falta, mi coronel —sonrió el teniente Silva—. El memorándum no se ha perdido.

—¿Y entonces? —enarcó una ceja el coronel, con impaciencia—. ¿En qué quiere usted que colabore? El memorándum dice todo lo que sabemos de Palomino Molero. Yo mismo hice la investigación, con oficiales, clases y avioneros de su compañía. Nadie lo vio y nadie sabe quién pudo haberlo matado ni por qué. Mis superiores han recibido un informe detallado y están satisfechos. Usted no, por lo visto. Bueno, es problema suyo. La gente de la Base está limpia de polvo y paja en este asunto y no hay nada más que averiguar aquí adentro. Era un tipo callado, no se juntaba con nadie, no hacía confidencias a nadie. Por lo visto, no tenía amigos ni tampoco enemigos, en la Base. Algo flojo para la instrucción, según los partes. Desertó por eso, tal vez. Busque afuera, averigüe quién lo conocía en el pueblo, con quién estuvo desde que desertó hasta que lo mataron. Aquí pierde su tiempo, teniente. Y yo no puedo darme el lujo de perder el mío.

¿Intimidaría a su jefe el tonito perentorio, sin concesiones, del coronel Mindreau? ¿Lo haría retirarse? Pero Lituma vio que su jefe no se movía.

—No hubiéramos venido a molestarlo si no tuviéramos un motivo, mi coronel —el teniente seguía en posición de firmes y hablaba tranquilo, sin apresurarse.

Los ojitos grises pestañearon, una vez, y hubo en su cara un amago de sonrisa.

—Había que empezar por ahí, entonces.

—El guardia Lituma ha hecho unas averiguaciones en Piura, mi coronel.

Lituma tuvo la impresión de que el jefe de la Base se sonrojaba. Sentía una incomodidad creciente y le pareció que nunca conseguiría dar un informe bien dado, a una persona tan hostil. Pero, casi atorándose, habló. Contó que, en Piura, había sabido que Palomino Molero se presentó al servicio sin tener obligación de hacerlo, porque, según le dijo a su madre, era de vida o muerte para él salir de la ciudad. Hizo una pausa. ¿Lo estaba escuchando? El coronel examinaba, entre disgustado y benevolente, una foto en la que aparecía su hija rodeada de dunas y algarrobos. Por fin, lo vio volverse hacia él:

—¿Qué quiere decir eso de vida o muerte?

—Pensamos que tal vez lo había explicado aquí, al presentarse —intervino el teniente—. Que a lo mejor aclaró por qué tenía que salir de Piura con tanta urgencia.

¿Se hacía el cojudo, su jefe? ¿O estaba tan nervioso como él por las maneritas del coronel?

El jefe de la Base paseó sus ojos por la cara del oficial, como contándole los barritos. Al teniente Silva le arderían las mejillas con semejante mirada. Pero no demostraba la menor emoción; esperaba, inexpresivo, que el coronel se dignara hablarle.

—¿No se le ocurrió que si nosotros supiéramos semejante cosa, lo habríamos dicho en el memorándum? —deletreó, como si sus interlocutores desconocieran la lengua o fueran tarados—. ¿No pensó que si nosotros, aquí en la

Base, hubiéramos sabido que Palomino Molero se sentía amenazado y perseguido por alguien, se lo hubiéramos comunicado en el acto a la policía o al juez?

Debió callarse, porque comenzó a roncar un avión, muy cerca. El ruido creció, creció, y Lituma creyó que iba a reventarle los tímpanos. Pero no se atrevió a taparse los oídos.

—El guardia Lituma también averiguó otra cosa, mi coronel —dijo el teniente, al disminuir el ruido de las hélices. Imperturbable, parecía no haber oído las preguntas del coronel Mindreau.

—¿Ah, sí? —dijo éste, ladeando la cabeza hacia Lituma—. ¿Qué cosa?

Lituma se aclaró la garganta antes de contestar. La expresión sardónica del coronel lo enmudecía.

—Palomino Molero estaba muy enamorado —balbuceó—. Y parece que...

—¿Por qué tartamudea? —le preguntó el coronel—. ¿Le pasa algo?

—No eran amores muy santos —susurró Lituma—. Tal vez por eso se escapó de Piura. Es decir...

La cara del coronel, cada vez más desabrida, hizo que se sintiera tonto y la voz se le cortó. Hasta entrar en el despacho, las conjeturas que había hecho la víspera le parecían convincentes, y el teniente le había dicho que, en efecto, tenían su peso. Pero, ahora, ante esa expresión escéptica, sarcástica, del jefe de la Base Aérea, se sentía inseguro y hasta avergonzado de ellas.

—En otras palabras, mi coronel, podría ser que a Palomino Molero lo chapara en sus amoríos un marido celoso y lo amenazara de muerte —vino a ayudarlo el teniente Silva—. Y que, por eso, el muchacho se enrolara aquí.

El coronel los consideró a uno y a otro, callado, pensativo. ¿Qué majadería iba a soltar?

—¿Quién es ese marido celoso? —dijo, al fin.

—Eso es lo que nos gustaría saber —repuso el teniente Silva—. Si supiéramos eso, sabríamos un montón de cosas.

—¿Y cree que yo estoy al tanto de los amoríos de los cientos de clases y avioneros que hay en la Base? —volvió a deletrear, con infinitas pausas, el coronel Mindreau.

—Usted tal vez no, mi coronel —se disculpó el teniente—. Pero se nos ocurrió que alguien en la Base, tal vez. Un compañero de cuadra de Palomino Molero, algún instructor, alguien.

—Nadie sabe nada de la vida privada de Palomino Molero —lo interrumpió de nuevo el coronel—. Yo mismo lo he averiguado. Era introvertido, no hablaba con nadie de sus cosas. ¿No está en el memorándum, acaso?

A Lituma se le ocurrió que al coronel le importaba un carajo la desgracia del flaquito. Ni ahora ni la vez pasada había traslucido la menor emoción por ese crimen. Ahora mismo se refería al avionero como a un don nadie, con mal disimulado desprecio. ¿Era por lo que había desertado tres o cuatro días antes de que lo mataran? Además de antipático, el jefe de la Base tenía fama de ser un monstruo de rectitud, un maniático del reglamento. Como el flaquito, seguramente harto de la disciplina y el encierro, se fugó, el coronel lo tendría por un réprobo. Pensaría, incluso, que un desertor se merecía lo que le pasó.

—Es que, mi coronel, hay sospechas de que Palomino Molero tenía amoríos con alguien de la Base Aérea de Piura —oyó que decía el teniente Silva.

Vio, casi al mismo tiempo, que las mejillas pálidas y bien rasuradas del coronel enrojecían. Su expresión se avinagró y encendió. Pero no llegó a decir lo que iba a decir porque, de improviso, se abrió la puerta y Lituma vio en el marco, recortada contra la luz nívea del pasillo, a la chica de la fotografía. Era delgadita, más aún que en las fotos, con unos cabellos cortos y crespos y una naricilla respingada y despectiva. Vestía una blusa blanca, una falda azul, zapatillas de tenis y parecía tan malhumorada como su propio padre.

—Me estoy yendo —dijo, sin entrar al despacho y sin hacer siquiera una venia al teniente y a Lituma—. ¿Me lleva el chofer o me voy en bici?

Había en su manera de decir las cosas un disgusto contenido, como cuando hablaba el coronel Mindreau. «De tal palo tal astilla», pensó el guardia.

—¿Y adónde, hijita? —se dulcificó al instante el jefe de la Base.

«No sólo no la riñe por interrumpir así, por no saludar, por hablarle con tanta grosería», pensó Lituma. «Encima le pone voz de paloma cuculí.»

—Ya te lo dije esta mañana —replicó con salvajismo la muchacha—. A la piscina de los gringos, la de aquí no estará llena hasta el lunes, ¿te has olvidado? ¿Me lleva el chofer o me voy en la bici?

—Que te lleve el chofer, Alicia —baló el coronel—. Pero que venga pronto, eso sí, lo necesito. Dile a qué hora quieres que te recoja.

La muchacha cerró la puerta de un tirón y desapareció sin despedirse. «Tu hija nos venga», pensó Lituma.

—O sea que —comenzó a decir el teniente, pero el coronel Mindreau le impidió proseguir.

—Eso que usted ha dicho es un disparate —sentenció, recobrando el rubor de las mejillas.

—¿Perdón, mi coronel?

—¿Cuáles son las pruebas, los testigos? —el jefe de la Base se volvió a Lituma y lo escrutó como a un insecto—. ¿De dónde ha sacado usted que Palomino Molero tenía amores con una señora de la Base Aérea de Piura?

—No tengo pruebas, mi coronel —balbuceó el guardia, asustado—. Averigüé que se iba a dar serenatas en secreto por ahí.

—¿A la Base Aérea de Piura? —deletreó el coronel—. ¿Sabe usted quiénes viven allá? Las familias de los oficiales. No las de los avioneros ni las de los clases. Sólo las madres, esposas, hermanas e hijas de los oficiales. ¿Está usted insinuando que ese avionero tenía amores adúlteros con la esposa de un oficial?

Un racista de mierda. Eso es lo que era: un racista de mierda.

—Podría ser con alguna sirvienta, mi coronel —oyó Lituma que decía el teniente Silva. Se lo agradeció con toda el alma, porque se sentía acorralado y mudo ante el furor frío del aviador—. Con alguna cocinera o niñera de la Base. No estamos sugiriendo nada, sólo tratando de esclarecer este crimen, mi coronel. Es nuestra obligación. La muerte de ese muchacho ha provocado malestar en todo Talara. Hay habladurías, dicen que la Guardia Civil no hace nada porque hay complicados peces gordos. Estamos algo perdidos y por eso exploramos cualquier indicio que se presente. No es para tomarlo a mal, mi coronel.

El jefe de la Base asintió. Lituma notó el esfuerzo que hacía para aplacar su mal humor.

—No sé si usted sabe que yo he sido jefe de la Base Aérea de Piura hasta hace tres meses —dijo, casi sin abrir la boca—. Serví allá dos años. Sé la vida y milagros de esa Base, porque ha sido mi hogar. Que un avionero haya podido tener amores adúlteros con la esposa de uno de mis oficiales es algo que nadie va a decir en mi presencia, a no ser que pueda probarlo.

—No he dicho que sea la esposa de un oficial —se atrevió a musitar Lituma—. Podría ser una sirvienta, como dijo el teniente. ¿No hay sirvientas casadas en la Base? Iba a dar serenatas allá, a ocultas. De eso sí tenemos pruebas, mi coronel.

—Bueno, encuentren a esa sirvienta, interróguenla, interroguen a su marido sobre las supuestas amenazas a Molero y, si confiesa, tráiganmelo —la frente del coronel brillaba con un sudor que había brotado desde la fugaz irrupción de su hija en el despacho—. No vuelvan más aquí, en relación a este asunto, a no ser que tengan algo concreto que pedirme.

Se puso de pie, con rapidez, dando por terminada la entrevista. Pero Lituma advirtió que el teniente Silva no saludaba ni pedía permiso para retirarse.

—Tenemos algo concreto que pedirle, mi coronel —dijo, sin vacilar—. Quisiéramos interrogar a los compañeros de cuadra de Palomino Molero.

De encarnada, la tez del jefe de la Base Aérea de Talara pasó otra vez a pálida. Unas ojeras violáceas circundaron sus ojitos. «Además de conchesumadre, es medio loco», pensó Lituma. ¿Por qué se ponía así? ¿Por qué le daban esas rabietas interiores?

—Se lo voy a explicar de nuevo, ya que, por lo visto, no lo entendió la vez pasada —el coronel arrastraba cada palabra como si pesara muchos kilos—. Los institutos armados gozan de fueros, tienen sus tribunales donde sus miembros son juzgados y sentenciados. ¿No le enseñaron eso en la Escuela de la Guardia Civil? Bien, se lo enseño yo ahora, entonces. Cuando se suscitan problemas de índole delictiva, las investigaciones las hacen los propios institutos armados. Palomino Molero murió en circunstancias no aclaradas, fuera de la Base, cuando se encontraba en condición de prófugo del servicio. Ya he elevado el informe debido a la superioridad. Si la jefatura lo considera oportuno, ordenará una nueva investigación, a través de sus propios organismos. O trasladará todo el expediente al Poder Judicial. Pero mientras no venga una orden de este tipo, del Ministerio de Aviación o del Comando Supremo de las Fuerzas Armadas, ningún guardia civil va a violar los fueros castrenses en una Base a mi mando. ¿Está claro, teniente Silva? Contésteme. ¿Está claro?

—Muy claro, mi coronel —dijo el teniente.

El coronel Mindreau señaló la puerta con ademán terminante:

—Entonces, pueden ustedes retirarse.

Esta vez, Lituma vio que el teniente Silva hacía chocar los tacos y pedía permiso. Lo imitó y salieron. Afuera, se calaron los quepis. A pesar de que el sol golpeaba más fuerte que cuando llegaron y que la atmósfera era más opresiva que en el despacho, a Lituma le pareció refrescante, liberador, estar al aire libre. Respiró hondo. Era como salir de la cárcel, carajo. Cruzaron los patios de la Base hacia la Prevención, callados. ¿Se sentía el teniente Silva tan abatido y maltratado como él por la forma como los había recibido el jefe de la Base?

En la Prevención, los esperaba una nueva contrariedad. Don Jerónimo se había marchado. No tenían más remedio que regresar al pueblo a patita. Una hora de caminata, por lo menos, sudando la gota gorda y tragando tierra.

Echaron a andar por el centro de la carretera, siempre mudos, y Lituma pensó: «Después del almuerzo, dormiré una siesta de tres horas». Tenía una capacidad ilimitada para dormir, a cualquier hora y en cualquier postura, y nada lo curaba mejor de estos estados de ánimo como un buen sueño. La carretera serpenteaba lentamente, descendiendo a Talara por un terreno ocre, sin una sola mata verde, entre pedruscos y rocas de todas las formas y tamaños.

El pueblo era una mancha lívida y metálica, allá abajo, junto a un mar verde plomizo, sin olas. En la intensa resolana apenas se distinguían los perfiles de las casas y los postes del alumbrado.

—Qué mal rato nos hizo pasar ¿no, mi teniente? —dijo, secándose la frente con un pañuelo—. Nunca he conocido a un tipo tan malagracia. ¿Usted cree que odia a la Guardia Civil de puro racista o por alguna cosa en especial? ¿O tratará con esa patanería a todo el mundo? Le juro que nadie me ha hecho tragar tanta saliva amarga como este calvito.

—Huevadas, Lituma —dijo el teniente, frotándose en la camisa el anillo de oro macizo, con una piedra roja, de su promoción—. Para mí, la entrevista con Mindreau fue cojonuda.

—¿Me está tomando el pelo, mi teniente? Qué bueno que le queden ánimos para bromear. Lo que es yo, me quedé con el alma en los pies por culpa de esa entrevista.

—Eres pichón en estas lides, Lituma —se rió el teniente—. Tienes mucho que aprender. Fue una entrevista de la puta madre, te aseguro. Utilísima.

—Entonces, no entendí nada, mi teniente. A mí me pareció que el coronel nos basureaba a su gusto, que nos trató peor que a sus sirvientes. ¿Acaso aceptó lo que fuimos a pedirle?

—Ésas son las puras apariencias, Lituma —volvió a soltar la carcajada el teniente Silva—. Para mí, el coronel habló como una lorita borracha.

Se volvió a reír, con la boca abierta, e hizo sonar los nudillos, aplastándoselos.

—Antes, yo creía que él no sabía nada, que nos jodía la vida por el cuento ese de los fueros, por susceptibilidad castrense —explicó el teniente Silva—. Ahora, estoy seguro que sabe mucho y tal vez todo lo que pasó.

Lituma se volvió a mirarlo. Adivinó que, bajo los anteojos oscuros, los ojitos del oficial estaban, como su cara y su voz, hechos unas pascuas.

—¿Que sabe quiénes mataron a Palomino Molero? —preguntó—. ¿Cree usted que el coronel lo sabe?

—No sé qué sabe, pero sabe un chuchonal de cosas —asintió el teniente—. Está tapando a alguien. ¿Por qué se iba a poner tan nervioso, si no? ¿No te diste cuenta acaso? Qué poco observador, Lituma, no mereces estar en la Benemérita. Esas rabietas, esas majaderías ¿qué crees que eran? Pretextos para disimular lo mal que se sentía. Así es, Lituma. No fue él quien nos hizo cagar parados. Fuimos nosotros los que le hicimos pasar un rato horrible.

Se rió, feliz de la vida, y todavía estaba riéndose cuando, un momento después, oyeron un motor. Era una camioneta con los colores azules de la Base Aérea. El chofer paró sin que ellos se lo pidieran.

—¿Van a Talara? —los saludó, desde la ventanilla, un suboficial jovencito—. Suban, los jalamos. Usted acá, conmigo, teniente. El guardia puede ir atrás.

En la parte de atrás, había dos avioneros que debían ser mecánicos, engrasados hasta las narices. La camioneta estaba llena de latas de aceite, botes de pintura y brochas.

—¿Y? —dijo uno de ellos—. ¿Van a descubrir el pastel o enterrarán el crimen para proteger a los peces gordos?

Había en su pregunta un gran rencor.

—Lo descubriríamos si el coronel Mindreau nos ayudara un poco —respondió Lituma—. Pero no sólo no nos ayuda, encima cada vez que venimos a verlo nos trata como a perros con rabia. ¿Es así con ustedes, en la Base?

—No es mala gente —dijo el avionero—. Es rectísimo y hace andar la Base como un cañón. La culpa del mal humor que se gasta la tiene su hija.

—Lo trata con la punta del pie ¿no? —refunfuñó Lituma.

—Es una malagradecida —dijo el otro avionero—. Porque el coronel Mindreau ha sido su padre y también su madre. La vieja se murió cuando ella era churre. Él la ha criado, solito.

La camioneta frenó junto a la comisaría. El teniente y Lituma se bajaron.

—Si no descubren a los asesinos, todo el mundo va a pensar que han recibido platita de los peces gordos —se despidió el suboficial jovencito.

—No te preocupes, chiquillo, estamos por el buen camino —oyó Lituma que mascullaba entre dientes el teniente Silva, cuando la camioneta se perdía en una polvareda color cerveza.

IV

La NOTICIA de los escándalos que el tenientito estaba haciendo en el bulín de Talara llegó a la comisaría por boca de una de las polillas. La Loba Marina vino a quejarse de que su macró le daba últimamente más palizas que de costumbre.

—Con los moretones que me deja en el cuerpo, no consigo clientes. Entonces no le llevo plata y entonces me pega de nuevo. Explíqueselo usted, teniente Silva. Yo trato y es por gusto, no entiende.

La Loba Marina les contó que la noche anterior se había presentado el tenientito en el bulín, solo. Se pegó una tranca con una seguidilla de mulitas de piscos que se empujó como si fueran vasos de agua. No se tomaba los piscos como alguien que quiere divertirse sino buscando emborracharse rápido. Cuando estuvo borracho se abrió la bragueta y orinó a las polillas que tenía más cerca, a clientes y a macrós. Luego, se trepó al mostrador y estuvo haciendo un show hasta que la Policía Aeronáutica vino a llevárselo. El Chino Liau calmaba a la gente para que no le fueran a hacer nada: «Si le pegan me friegan a mí y se friegan ustedes, porque me cerrarán el negocio. Ellos ganan siempre».

El teniente Silva no pareció darle importancia al cuento de la Loba Marina. Al otro día, mientras almorzaban en la fonda de doña Adriana, un parroquiano contó que la víspera el aviador había repetido las gracias, aumentadas, pues esta vez le dio por romper botellas con el cuento de que quería ver las estrellitas de vidrio volando por el aire. También había tenido que venir a sacarlo la Policía de la Base. Al tercer día, el propio Chino Liau se presentó en el Puesto, lloriqueando:

—Anoche batió su récord. Se bajó los pantalones y quiso hacerse la caca en la pista de baile. Está loco, teniente. Viene sólo a provocar, como si quisiera que lo enfríen. Haga algo, porque, si no, le juro, alguien se lo va a cargar. Y no quiero que me metan en líos con la Base.

—Anda a hablar con el coronel Mindreau, Chinito —le aconsejó el teniente Silva—. Es problema de él.

—Yo no voy a hablar con el coronel por nada del mundo —le contestó el Chino—. A Mindreau yo le tengo un miedo del carajo, dicen que es rectísimo.

—Entonces te has jodido, Chino. Porque yo no tengo autoridad sobre los aviadores. Si fuera un civil, con mucho gusto.

El Chino Liau miró a Lituma y al teniente consternado:

—¿No van ustedes a hacer nada?

—Rezaremos por ti —lo despidió el oficial—. Chau, Chinito, salúdame al mujerío.

Pero cuando Liau partió, el teniente Silva se volvió hacia Lituma, quien, tecleando con un solo dedo en la vieja Remington, redactaba el parte del día, y, con una vocecita que al guardia le dio cosquillas, le comentó:

—Eso del aviador se pasa de oscuro, ¿no te parece, Lituma?

—Sí, mi teniente —asintió el guardia. Hizo una pausa, antes de preguntar—: ¿Y por qué se pasa de oscuro?

—Nadie va a matonear así en el bulín, donde están los tipos más peligrosos de Talara, sólo por hacerse el gracioso. Y cuatro días seguidos. Algo me huele raro. ¿A ti no?

—Sí, mi teniente —aseguró Lituma. No entendía la insinuación de su jefe pero estaba ansioso, puro oídos—: ¿O sea que usted cree que?

—Que tú y yo nos deberíamos tomar una cerveciola donde Liau, Lituma. Por cuenta de la casa, claro está.

El bulín del Chino Liau había deambulado por medio Talara, perseguido por el párroco. El padre Domingo, apenas lo detectaba, lo hacía clausurar por la alcaldía. Pocos días después de la clausura, el bulín volvía a resucitar en una cabaña o casita, tres o cuatro manzanas más allá. El Chino Liau ganó, al fin. Ahora estaba a la salida del pueblo, en un almacén de tablones acondicionado de cualquier manera. Era primitivo y endeble, con su suelo de tierra regado a diario para que no hubiese polvo y un techo de calaminas sueltas, que chirriaban con el viento. Los cuartitos de las polillas, al fondo del local, estaban llenos de rendijas por donde los churres y los borrachos venían a espiar a las parejas.

El teniente Silva y Lituma se fueron al bulín andando despacio, después de ver una película de vaqueros en el cine al aire libre del señor Frías (la pantalla era la pared norte de la iglesia, lo que daba al padre Domingo derecho a censurar las películas). Lituma arrastraba sus botines por la tierra blanda casi sin levantarlos. El teniente fumaba.

—Dígame al menos qué se le ha ocurrido, mi teniente. ¿Por qué cree que las locuras de ese aviador tienen que ver con la muerte del flaquito?

—No se me ha ocurrido nada —echó una bocanada de humo el teniente Silva—. Sólo que, como en este asunto no damos pie con bola, hay que pegar manotazos a todos lados a ver si achuntamos aunque sea de casualidad. Si no, por lo menos habrá sido un pretexto para echar una ojeada al bulín y pasar revista al material. Aunque sé que no encontraré ahí a la mujer de mis sueños.

«Ya me va a hablar de la gorda», pensó Lituma. «Qué manía.»

—Ayer en la noche se la mostré —recordó el teniente Silva, con melancolía—. Cuando salí a mear, al corral. Ella vino trayéndole agua a la chancha. Me miró y se la mostré. Cogida con las manos, así. «Esto es para ti, mamacita. Hasta cuándo la vas a tener al hambre, pues.»

Se rió, nervioso, como cada vez que hablaba de doña Adriana.

—¿Y ella qué hizo, mi teniente? —le siguió la cuerda Lituma. Sabía que hablarle de doña Adriana era darle en la yema del gusto.

—Se escapó corriendo, por supuesto. Y haciéndose la enojada —suspiró el teniente—. Pero me la vio. Estoy seguro que se quedó pensando y a lo mejor hasta se soñó con ella. Compararía con la de don Matías, que la debe tener muerta, un puro pellejo. Eso la ablandará, Lituma. Terminará aflojándomelo. Y ese día te invitaré una borrachera con trago fino, te prometo.

—La verdad que es usted perseverante, mi teniente. Merece que doña Adriana le haga caso, aunque sea como premio a su constancia.

Había poca gente en el bulín. El Chino Liau salió a recibirlos, encantado.

—Cuánto le agradezco que venga, teniente. Ya sabía que usted no me fallaría. Pasen, pasen. ¿Por qué cree que está el local así de vacío? Por el loquito, por qué va a ser. La gente viene a divertirse, no a que la insulten o la meen. Se ha corrido la voz y nadie quiere líos con un aviador. No hay derecho ¿no es cierto?

—¿No ha llegado todavía? —preguntó el teniente.

—Se cae a eso de las once, por lo general —dijo el Chino Liau—. Vendrá, espérenlo.

Los sentó en una mesita del rincón más apartado y les sirvió un par de cervezas. Varias polillas se les acercaron a meterles conversación, pero el teniente las despachó. No podían atenderlas, esta vez habían venido a resolver un asunto de hombres. La Loba Marina, agradecidísima de que Lituma hubiera amenazado a su macró con meterlo en el calabozo si le seguía pegando, besó al guardia en la oreja. «Cuando quieras venir conmigo, vienes nomás», le susurró. Hacía tres días que no le pegaba, les dijo.

El tenientito cayó al bulín cerca de la medianoche. Lituma y su jefe se habían despachado ya cuatro cervezas. Antes de que el Chino Liau los previniera, Lituma, que había examinado las caras de todos los recién llegados, supo que era él. Bastante joven, delgado, moreno, el pelo cortado casi al rape. Vestía la camisa y el pantalón caqui del uniforme, pero sin insignias ni galones. Entró solo, sin saludar a nadie, indiferente al efecto que su presencia causó —codazos, miradas, guiños, cuchicheos entre las polillas y los escasos comensales— y fue derecho a acomodarse en el bar. «Un corto», ordenó. Lituma se dio cuenta que el corazón se le había apurado. No le quitaba los ojos. Lo vio tomarse la copita de pisco de un trago y pedir otra.

—Así es todas las noches —les susurró la Loba Marina, que estaba en la mesa contigua, con un marinero—. A la tercera o cuarta comienza el show.

Esta noche comenzó entre la quinta y la sexta. Lituma le había llevado la cuenta cabalito de las mulitas de pisco. Lo espiaba por sobre las cabezas de las parejas que bailaban a los compases de una radiola a pilas. El aviador estaba con la cabeza apoyada en las manos, mirando fijamente la copa que tenía entre los brazos, como protegiéndola. No se movía. Parecía concentrado en una meditación que lo aislaba de las polillas, de los macrós y del mundo. Sólo se animaba para llevarse la copa a la boca, con un movimiento automático, e inmediatamente volvía a convertirse en estatua. Pero, entre la quinta y sexta copa, Lituma se distrajo y, cuando lo buscó de nuevo, ya no estaba en el mostrador. Miró en todas direcciones y lo encontró en la pista de baile. Avanzaba, resuelto, hacia una de las parejas: la Pelirroja y un hombre bajito y encorbatado, pero sin saco, que se movía muy a conciencia, prendido de ella como si se fuera a ahogar. El tenientito lo cogió de la camisa y lo apartó de un jalón, diciendo en voz tan alta que lo oyó todo el bulín:

—Permiso, ahora me toca a mí la señorita.

El encorbatado dio un respingo y miró a todos lados como pidiendo que le explicaran qué ocurría o le aconsejaran qué hacer. Lituma vio que el Chino Liau le indicaba con las manos que se quedara tranquilo. Es lo que el parroquiano optó por hacer, encogiéndose de hombros. Fue hasta la pared de las polillas y sacó a bailar a la Pecosa, con aire compungido. Entretanto, el tenientito, disforzado, daba saltos, movía las manos, hacía muecas. Pero no mostraba la más mínima alegría en sus payasadas. ¿Quería llamar la atención solamente? No, también joder. Esos saltos y cimbreos, esas figuras paroxísticas eran un pretexto para dar codazos, hombrazos y caderazos a los que se le ponían al alcance. «Qué concha de su madre», pensó Lituma. ¿Cuándo intervendrían? Pero el teniente Silva fumaba, muy tranquilo, mirando al aviador con expresión divertida a través de las argollas de humo, como si le festejara las gracias. Qué paciencia se gastaba la gente. Los parroquianos que recibían los encontronazos del aviador se hacían a un lado, sonreían, se encogían de hombros con cara de estar pensando «cada loco con su tema, tranquilos nomás». Al terminar la música, el tenientito volvió al bar y pidió otro pisco.

—¿Sabes quién es, Lituma? —oyó decir a su jefe.

—No. ¿Usted lo conoce?

El teniente Silva asintió, con un tonito malicioso.

—El enamorado de la hija de Mindreau. Como lo oyes. Los vi de la mano en la kermesse, el Día de la Aviación. Y varios domingos, en misa.

—Será por eso que el coronel le aguanta estas matonerías —murmuró Lituma—. A cualquier otro lo hubiera puesto en el calabozo, a pan y agua, por desprestigiar a la institución.

—Hablando de matonerías, no te pierdas ésta, Lituma —dijo su jefe.

El tenientito estaba encaramado en el mostrador, con una botella de pisco en la mano, en actitud de quien va a pronunciar un discurso. Abrió los brazos y gritó: «¡Seco y volteado por la puta que los parió!». Se llevó la botella a la boca y bebió un trago tan largo que a Lituma le ardió el estómago de sólo pensar lo que sería recibir en las tripas semejante fuego. Al tenientito también le debió arder pues hizo una mueca y se encogió como si hubiera recibido un derechazo. El Chino Liau se le acercó, todo venias y sonrisas, tratando de convencerlo de que se bajara del mostrador y no hiciera más escándalo. Pero el aviador le mentó la madre y le dijo que si no se metía la lengua al culo iba a pulverizar todas las botellas del local. El Chino Liau se apartó, con expresión filosófica. Vino a acuclillarse junto a Lituma y el teniente Silva.

—¿No van ustedes a hacer nada?

—Que se emborrache un poco más —decidió el teniente.

El aviador desafiaba ahora a macrós y parroquianos —que evitaban mirarlo y seguían bailando, conversando y fumando como si él no estuviera allí— a que se encalataran, si eran hombres. ¿Por qué andaban vestidos?, gesticulaba. ¿Les daba vergüenza que les vieran los huevos? ¿O no los tenían? ¿O los tenían tan chiquitos que con razón se avergonzaban de ellos? Él estaba orgulloso de sus huevos, más bien.

—¡Vean y aprendan! —rugió. En un dos por tres se desabrochó la correa y Lituma vio que el pantalón caqui se le resbalaba, descubriendo unas piernas flacuchentas y peludas. Lo vio patalear para zafar los pies, atrapados en el pantalón, pero, o porque ya estaba muy borracho o porque hacía esos movimientos con demasiada cólera, se enredó más, trastabilló y se vino de bruces desde lo alto del mostrador a la pista de baile. La botella que tenía en la mano se hizo trizas, su cuerpo rebotó como un costal de papas. Hubo una salva de risas. El teniente Silva se puso de pie:

—Ahora es cuando, Lituma.

El guardia lo siguió. Cruzaron la pista de baile. El tenientito permanecía de espaldas, con los ojos cerrados, las piernas desnudas, el pantalón enroscado en sus tobillos, en medio de un círculo de pedazos y astillas de vidrio. Resoplaba, atolondrado. «Se ha pegado un contrasuelazo de la puta madre», pensó Lituma. Lo cogieron de los brazos y lo incorporaron. Comenzó a manotear y a decir lisuras, a media lengua. Babeaba, hasta el cien de borracho. Le subieron el pantalón, le sujetaron la correa, y, pasándole los brazos por las axilas, cada uno de un lado, lo arrastraron hasta la salida. Polillas, clientes y macrós, aplaudieron, felices de que se lo llevaran.

—¿Qué hacemos con él, mi teniente? —preguntó Lituma, en el exterior. Hacía viento, las calaminas del bulín vibraban y había más estrellas que antes. Las luces de

Talara parecían, también, estrellitas que hubieran bajado hasta el mar aprovechando la oscuridad.

—Llevémoslo a la playita esa —dijo su jefe.

—Suéltenme, perros —articuló el tenientito. Pero se mantuvo tranquilo, sin hacer el menor intento de zafarse de sus brazos.

—Ahorita te soltamos, mi hermano —le dijo el teniente, con cariño—. Tranquilo nomás, no te calientes.

Lo arrastraron unos cincuenta metros, por un arenal con matas de hierba reseca, hasta una playa de grava y arena. Lo reclinaron en el suelo y se sentaron a sus lados. Las cabañas de la vecindad se hallaban a oscuras. El viento se llevaba mar adentro la música y los ruidos del bulín. Olía a sal y a pescado y el runrún de la resaca adormecía como un somnífero. A Lituma le vinieron ganas de acurrucarse en la arena, taparse la cara con el quepis y olvidarse de todo. Pero había venido a trabajar, carajo. Estaba ansioso y atemorizado, pensando que ese cuerpo semitendido a sus pies les haría una revelación terrible.

—¿Te sientes mejor, compadre? —dijo el teniente Silva. Levantó al aviador hasta sentarlo y lo apoyó contra su cuerpo, pasándole el brazo por los hombros, igualito que si fuera su compinche del alma—. ¿Sigues borrachito o se te está pasando?

—¿Quién chucha eres tú y quién chucha es tu madre? —balbuceó el aviador, recostando la cabeza en el hombro del teniente Silva. Lo agresivo de su voz no congeniaba para nada con la docilidad de su cuerpo, blando y sinuoso, apoyado contra el jefe de Lituma como en un espaldar.

—Yo soy tu amigo, mi hermano —dijo el teniente Silva—. Agradéceme que te sacara del bulín. Si seguías mostrando los huevos, te los iban a cortar. Y qué ibas a hacer por la vida capadito, piensa nomás.

Se calló porque al aviador lo había sacudido una sucesión de arcadas. No llegó a vomitar pero, por si las moscas, el teniente le apartó la cabeza y se la mantuvo inclinada contra el suelo.

—Tú debes ser un maricón —balbuceó, siempre rabioso, cuando se le pasaron las arcadas—. ¿Me has traído aquí para que te haga el favor de meterte la pichula?

—No, mi hermano —se rió el teniente Silva—. Te he traído para que me hagas un favor. Pero no ése.

«Tiene su estilacho para sonsacar sus secretos a las gentes», pensó Lituma, admirado.

—¿Y qué favor quieres que te haga, chucha de tu madre? —hipó y babeó con furia el aviador, volviendo a apoyarse en el hombro del teniente Silva con la mayor confianza, como un gatito que busca el calor de la gata.

—Que me cuentes qué le pasó a Palomino Molero, mi hermano —susurró el oficial. Lituma se sobresaltó.

El aviador no había reaccionado. No se movía, no hablaba y hasta parecía, pensó Lituma, que se hubiera quedado sin respiración. Estuvo así un buen rato, petrificado. El guardia espiaba a su jefe. ¿Iba a repetirle la pregunta? ¿Había entendido o se hacía el que no?

—Que la chucha de tu madre te cuente qué le pasó a Palomino Molero —gimoteó, al fin, tan bajo que Lituma tuvo que estirar el pescuezo. Seguía acurrucado contra el teniente Silva y parecía que temblaba.

—Mi pobre mamacita no sabe ni quién es Palomino Molero —repuso su jefe, con el mismo tono afable—. Tú, en cambio, sabes. Anda, mi hermano, dime qué pasó.

—¡Yo no sé nada de Palomino Molero! —gritó el aviador y Lituma saltó sobre la arena—. ¡No sé nada! ¡Nada, nada!

Tenía la voz rota y temblaba de pies a cabeza.

—Claro que sabes, mi hermano —lo consoló el teniente Silva, con mucho afecto—. Por eso vienes a emborracharte al bulín todos los días. Por eso andas medio loco. Por eso provocas a los macrós como si estuvieras harto de tu pellejo.

—¡No sé nada! —aulló de nuevo el tenientito—. ¡Nada de nada!

—Cuéntame lo del flaquito y te sentirás mejor —prosiguió el teniente, como haciéndole rorró, rorró—. Te juro que sí, mi hermano, yo soy un poco psicólogo. Déjame ser tu confesor. Palabra que te hará bien.

Lituma estaba sudando. Sentía la camisa pegada a la espalda. Pero no hacía calor, más bien fresquito. La brisa levantaba unas olitas que rompían a pocos metros de la orilla, con un chasquido enervante. «¿Por qué te asustas, Lituma?», pensó. «Cálmate, cálmate.» Tenía en la cabeza la imagen del flaquito, allá en el pedregal, y pensaba: «Ahora sabré quién lo mató».

—Ten huevos y cuéntame —lo animaba el teniente Silva—. Te sentirás bien. Y no llores.

Porque el tenientito había comenzado a sollozar como un churre de teta, la cara aplastada en el hombro del teniente Silva.

—No lloro por lo que tú crees —balbuceó, ahogándose, entre nuevas arcadas—. Me emborracho porque ese concha de su madre me clavó un puñal. ¡No me deja ver a mi hembra! Me ha prohibido verla. Y ella tampoco quiere verme, carajo. ¿Tú crees que hay derecho a hacer una cosa tan concha de su madre?

—Claro que no hay, mi hermano —lo palmeó en la espalda el teniente Silva—. ¿El concha de su madre que te prohibió ver a tu hembra es Mindreau?

Ahora sí, el tenientito levantó la cabeza del hombro del jefe de Lituma. En el resplandor lechoso de la luna, el guardia vio su cara embarrada de mocos y babas. Tenía las pupilas dilatadas y brillantes, ebrias de desasosiego. Movía la boca sin articular palabra.

—¿Y por qué te ha prohibido el coronel que veas a su hija, mi hermano? —le preguntó el teniente Silva, con la misma naturalidad con que le hubiera preguntado si llovía—. ¿Qué le hiciste? ¿La llenaste?

—Shit, shit, carajo —babeó el aviador—. ¡Carajo, carajo, no lo nombres! ¿Quieres joderme?

—Claro que no, mi hermano —lo calmó el teniente—. Ayudarte es lo que quiero. Me preocupa verte así, tan jodido, emborrachándote, haciendo escándalos. Estás arruinando tu carrera ¿no te das cuenta? Okay, no lo nombraremos más, mi palabra.

—Íbamos a casarnos apenas saliera mi ascenso el próximo año —gimoteó el tenientito, dejándose caer de nuevo sobre el hombro del teniente Silva—. El concha de su madre me hizo creer que estaba de acuerdo y que cambiaríamos aros para Fiestas Patrias. Me metió el dedo ¿ves? ¿Acaso está permitido ser tan traidor, tan mañoso, tan canalla en la vida, carajo?

Se había movido y ahora miraba a Lituma.

—No, mi teniente —murmuró el guardia, confuso.

—¿Y quién es este huevón? —babeó el aviador, dejándose caer nuevamente contra el teniente Silva—. ¿Qué hace aquí? ¿De dónde salió este otro concha de su madre?

—No es nadie, mi adjunto, un tipo de confianza —lo tranquilizó el teniente Silva—. No te preocupes por él. Ni por el coronel Mindreau, tampoco.

—Shit, shit, shit, carajo, no lo nombres.

—Tienes razón, me olvidé —lo palmeó el teniente Silva—. A todos los padres les duele que sus hijas se les casen. No quieren perderlas. Dale tiempo al tiempo, al final se ablandará y te casarás con tu hembra. ¿Quieres un consejo? Llénala. Cuando la vea embarazada, el viejo no tendrá más remedio que autorizar el matrimonio. Y, ahora, cuéntame lo de Palomino Molero.

«Este hombre es un genio», pensó Lituma.

—Ése no se ablandará nunca porque no es humano. No tiene alma ¿ves? —gimoteó el aviador. Tuvo otra de esas arcadas que se le mezclaban con los hipos de la borrachera y a Lituma se le ocurrió que la camisa de su jefe debía estar una mugre—. Un monstruo que ha jugado conmigo como su cholito ¿ves? ¿Ya entiendes por qué no me queda más que emborracharme hasta las cachas todas las noches?

—Claro que entiendo, mi hermano —dijo el teniente Silva—. Estás templado y te friega que no te dejen ver a tu hembra. Pero a quién se le ocurre templarse de la hija de Mindreau, perdón, quise decir de ese déspota. Anda, mi hermano, cuéntame de una vez lo de Palomino Molero.

—¿Te crees muy vivo, no? —balbuceó el tenientito, enderezando la cabeza. Era como si se le hubiese pasado la borrachera. Lituma se aprestó a sujetarlo pues le pare ció que iba a agredir a su jefe. Pero, no, estaba demasiado borracho, no podía tenerse erecto, se había desmoronado otra vez sobre el teniente Silva.

—Anda, hermano —lo consoló éste—. Te hará bien, te distraerá de tu problema. Te olvidarás de tu hembra por un rato. ¿Lo mataron porque se metió con la mujer de un oficial? ¿Fue por eso?

—Yo a ti no te voy a contar un carajo de Palomino Molero —rugió el tenientito, aterrado—. Si quieres, mátame primero.

—Eres un malagradecido —lo reprendió el teniente, con suavidad—. Yo te he sacado del bulín, donde te iban a cortar los huevos. Yo te he traído aquí para que se te quite la tranca y vuelvas a la Base sanito y no te castiguen. Yo te estoy sirviendo de pañuelo, de almohada y de paño de lágrimas. Mira nomás cómo me has puesto con tus babas. Y tú ni siquiera quieres contarme por qué mataron a Palomino Molero. ¿Tienes miedo de algo?

«No le va a sacar nada», se desmoralizó Lituma. Habían perdido el tiempo y, lo peor, él se había hecho absurdas ilusiones. Este borrachín no los libraría de las tinieblas.

—Ella también es una grandísima mierda, hasta peor que su padre —se quejó entre dientes. Tuvo una arcada y, atorándose, continuó—: Y, a pesar de todo lo que me ha hecho, la quiero. ¡Quién comprende eso! Sí, carajo. La tengo aquí, en el corazón. Y qué chucha.

—¿Y por qué dices que tu hembra también es una mierda, mi hermano? —preguntó el teniente Silva—. Ella tiene que obedecer a su papá ¿no? ¿O es que ya no te quiere? ¿Te ha largado?

—Ella no sabe lo que quiere, ella es la voz de su amo, RCA Victor, el perro del disco, eso es lo que es. Sólo hace y dice lo que manda el monstruo. El que me largó fue él, por boca de ella.

Lituma trataba de recordar a la muchacha, tal como la había visto, en la breve aparición que hizo en el despacho de su padre. Tenía presente el diálogo entre ambos pero le costaba recordar si era bonita. Entreveía una silueta más bien menuda, debía tener mucho carácter por la manera como hablaba, y seguro era engreidísima. Una carita de mirar a todo el mundo desde un trono ¿no? Habría barrido el suelo con el pobre aviador, en qué estado lo había dejado.

—Cuéntame lo de Palomino Molero, mi hermano —repitió el teniente Silva una vez más—. Por lo menos, algo. Por lo menos, si lo mataron por enredarse, allá en Piura, con la mujer de un oficial. Anda, siquiera eso.

—Estaré borracho pero no soy ningún cojudo, a mí tú no me vas a tratar como a tu cholito —balbuceó el aviador.

Hizo una pausa y añadió, con amargura:

—Pero, si quieres saber una cosa, lo que le pasó se lo buscó.

—¿Palomino Molero, quieres decir? —susurró el teniente.

—Dirás el concha de su madre de Palomino Molero, más bien.

—Bueno, el concha de su madre de Palomino Molero, si prefieres —ronroneó el teniente Silva, palmeándolo—. ¿Por qué se las buscó?

—Porque picó muy alto —carraspeó el tenientito, con ira—. Porque se metió en corral ajeno. Esas cosas se pagan. Él las pagó y bien hecho que las pagara.

Lituma tenía la piel de gallina. Éste sabía. Éste sabía quiénes y por qué mataron al flaquito.

—Así es, mi hermano, el que pica alto, el que se mete en corral ajeno, generalmente las paga —le hizo eco el teniente Silva, más amistoso que nunca—. ¿Y en qué corral se metió Palomino?

—En el de la puta que te parió —dijo el aviadorcito, separándose de su espaldar. Hacía esfuerzos por incorporarse. Lituma lo vio gatear, ponerse de pie a medias, derrumbarse y quedar a cuatro patas.

—No, en ése no fue, mi hermano, y tú lo sabes —prosiguió el teniente Silva, incansable y cordial—. Fue allá, en Piura, en una casa de la Base Aérea. En una de ésas junto al aeropuerto. ¿No es verdad?

El tenientito levantó la cabeza, siempre a cuatro patas, y a Lituma le dio la impresión de que iba a ladrar. Los miraba con una mirada vidriosa y angustiada y parecía hacer grandes esfuerzos para dominar la borrachera. Pestañeaba sin tregua.

—¿Y quién te contó eso, concha de tu madre?

—Ahí está el detalle, mi hermano, como diría Cantinflas —se rió el teniente Silva—. No sólo tú sabes cosas. Yo también sé algunas. Yo te digo las que sé, tú las que sabes y resolvemos juntos el misterio mejor que Mandrake el Mago.

—Dime tú primero qué sabes de la Base de Piura —articuló el aviador. Seguía a cuatro patas y Lituma pensó que ahora sí se le había pasado la borrachera. Por la manera como hablaba y, sobre todo, porque parecía habérsele ido también el miedo.

—Con mucho gusto, mi hermano —dijo el teniente Silva—. Pero, ven, siéntate, fúmate este pucho. Se te está pasando la tranca ¿no? Mejor.

Encendió dos cigarrillos y le alcanzó el paquete a Lituma. El guardia sacó uno y lo prendió.

—Mira, yo sé que Palomino tenía un amorcito allá en la Base de Piura. Le daba serenatas con su guitarra, le iba a cantar con esa linda voz que dicen que tenía. En las noches y a escondidas. Le cantaría boleros, parece que eran su especialidad. Ya está, ya te dije lo que sé. Ahora te toca. ¿A quién iba a darle serenatas Palomino Molero?

—No sé nada de nada —exclamó el aviador. Estaba asustadísimo de nuevo. Los dientes le seguían castañeteando.

—Sí sabes —lo animó el jefe de Lituma—. Sabes que el marido de ésa a la que daba serenatas malició algo, o los pescó, y sabes que Molero tuvo que salir pitando de Piura. Por eso se vino aquí, por eso se enroló en Talara. Pero el marido celoso lo descubrió, vino a buscarlo y se lo cargó. Por lo que tú dijiste, mi hermano. Por picar alto, por meterse en otro corral. Anda, no te estés tan calladito. ¿Quién se lo cargó?

El aviador tuvo otra arcada. Esta vez vomitó, encogido, haciendo un ruido espectacular. Cuando hubo terminado se limpió la boca con la mano y comenzó a hacer morisquetas. Terminó sollozando como un churre. Lituma tenía asco y también algo de pena. El pobre estaba sufriendo, se veía.

—Tú dirás por qué insisto tanto en que me digas quién fue —reflexionó el teniente, haciendo argollas con el humo—. Curiosidad, mi hermano, nada más. Si el que se lo cargó fue alguien de la Base de Piura ¿qué puedo hacer yo? Nada. Ustedes tienen sus fueros, sus prerrogativas, se juzgan ustedes mismos. Yo no podría ni meter mi cuchara. Pura curiosidad ¿ves? Y, además, te voy a decir una cosa. Si yo estuviera casado con mi gorda y alguien viniera a darle serenatas, a cantarle boleritos románticos, también me lo cargaría. ¿Quién se enfrió a Palomino, mi hermano?

Hasta en este momento tenía que acordarse de doña Adriana el teniente. Era una enfermedad, pucha. El tenientito se ladeó, evitando el suelo ensuciado por sus vómitos, y se sentó en la arena, unos centímetros más adelante que Lituma y su jefe. Puso los codos sobre las rodillas y se hundió la cabeza en las manos. Debía sentir los muñecos de la borrachera. Lituma recordó esa sensación de vacío con cosquillitas, el malestar inubicable, generalizado, que conocía muy bien de sus épocas de inconquistable.

—¿Y cómo sabes que iba a dar serenatas en la Base de Piura? —preguntó el aviador, de pronto. A ratos parecía con miedo, a ratos con ira, y ahora con las dos cosas a la vez—. ¿Quién carajo te contó eso?

En ese momento, Lituma se dio cuenta que se acercaban unas sombras. Segundos después, las tenían junto a ellos, abiertas en medio círculo. Eran seis. Llevaban fusiles y varas, y en el resplandor de la luna, Lituma reconoció los brazaletes. La Policía Aeronáutica. En las noches, recorrían las cantinas, las fiestas y el bulín en busca de gente de la Base que estuviera haciendo escándalos.

—Soy el teniente Silva, de la Guardia Civil. ¿Qué pasa?

—Venimos a llevarnos al teniente Dufó —repuso uno de ellos. No se le veían los galones, debía ser un suboficial.

—Para decir mi nombre, primero lávese la boca —rugió el aviador. Consiguió incorporarse y tenerse de pie, aunque se balanceaba como si fuese a perder el equilibrio en cualquier momento—. A mí nadie me lleva a ninguna parte, carajo.

—Órdenes del coronel, mi teniente —replicó el jefe de la patrulla—. Con su perdón, pero tenemos que llevarlo.

El aviador carraspeó algo y se deslizó al suelo, en cámara lenta. El que mandaba la patrulla dio una orden y las siluetas se acercaron. Cogieron al teniente Dufó de brazos y piernas y se lo llevaron en peso. Él los dejó hacer, rezongando algo incomprensible.

Lituma y el teniente Silva los vieron desaparecer en la oscuridad. Poco después, a lo lejos, arrancó un jeep. La patrulla había estacionado sin duda junto al bulín. Terminaron de fumar sus cigarrillos, absortos en sus pensamientos. El teniente fue el primero en levantarse, para emprender el regreso. Al pasar cerca del bulín oyeron música, voces y risas. Parecía lleno.

—Usted es una fiera para hacer hablar a la gente —dijo Lituma—. Qué bien lo fue llevando, llevando, hasta sonsacarle algunas cositas.

—No le saqué todas las que sabe —afirmó el teniente—. Si hubiéramos tenido más tiempo, quizá hubiera desembuchado todo —escupió y respiró con apetito, como para llenarse los pulmones de aire marino—. Te voy a decir algo, Lituma. ¿Sabes qué me huelo?

—¿Qué, mi teniente?

—Que en la Base Aérea todo el mundo sabe lo que pasó. Desde el portero hasta Mindreau.

—No me extrañaría —asintió Lituma—. Por lo menos, ésa fue la impresión que me dio el teniente Dufó. Que él sí sabía muy bien quién mató al flaquito.

Caminaron un buen rato en silencio, por una Talara dormida. La mayoría de las casitas de madera estaban a oscuras; sólo en una que otra se veía chispear un candil. Allá arriba, detrás de las rejas, en la zona reservada, también era noche total.

De pronto, el teniente habló con una voz distinta:

—Hazme una gauchada, Lituma. Date una vuelta por la playa de los pescadores. Mira si El León de Talara ya zarpó. Si ha salido, te vas a dormir nomás. Pero, si estuviera en la playa, anda a avisarme a la fonda.

—Cómo, mi teniente —se asombró Lituma—. Quiere decir que...

—Quiere decir que voy a tratar —asintió el teniente, con una semirrisita nerviosa—. No sé si ocurrirá el milagro esta noche. Puede que no. Pero nada se pierde intentando. Ha resultado mucho más difícil de lo que creía. Algún día será. Porque, ¿sabes una cosa?, este cristiano no se morirá sin tirarse a esa gorda y sin saber quiénes mataron a Palomino Molero. Son mis dos metas en la vida, Lituma. Más todavía que el ascenso, aunque no me lo creas. Anda, anda de una vez.

«Cómo puede tener ánimos en este momento para eso», reflexionó Lituma. Pensó en doña Adriana, encogida en su camita, soñando, inconsciente de la visita que iba a recibir. Ah, caracho, vaya pinga loca que había resultado el teniente Silva. ¿Se lo aflojaría esta noche? No, Lituma estaba seguro que doña Adriana jamás le daría gusto. De entre las cabañas a oscuras salió un perro a ladrarle. Lo ahuyentó de un puntapié. Siempre olía a pescado en Talara, pero ciertas noches, como ésta, el olor aumentaba hasta volverse insoportable. Lituma sintió una especie de vértigo. Caminó un rato tapándose la nariz con el pañuelo. Muchas barcas habían salido ya a pescar. Apenas quedaban media docena en la playita y ninguna de ellas era El León de Talara. Las examinó una por una, para estar seguro. Cuando se disponía a irse, advirtió un bulto, recostado en uno de los botecitos de la arena.

—Buenas noches —murmuró.

—Buenas —dijo la mujer, como molesta por haber sido interrumpida.

—Pero, vaya, qué hace usted aquí a estas horas, doña Adriana —la dueña de la fondita llevaba una chompa negra sobre el vestido y andaba descalza, como siempre.

—Vine a traerle su fiambre a Matías. Y, después que partió, me quedé a tomar un poco de aire. No tengo sueño. ¿Y tú, Lituma? ¿Qué se te ha perdido por aquí? ¿Una cita de amor?

El guardia se echó a reír. Se puso en cuclillas, frente a doña Adriana, y mientras se reía, en la escasa luz —una nube envolvía a la luna— examinaba esas formas abundantes, generosas, que tanto codiciaba el teniente Silva.

—¿De qué te ríes? —le preguntó doña Adriana—. ¿Te has vuelto loco o estás un poco tomadito? Ah, ya sé, has estado donde el Chino Liau.

—Nada de eso, doña Adriana —siguió riéndose Lituma—. Si se lo cuento, se va usted a morir de risa, también.

—Cuéntamelo, entonces. Y no te rías solo que pareces un cacaseno.

La dueña de la pensión estaba siempre de buen humor y animosa, pero Lituma la notó esta noche algo tristona. Tenía los brazos cruzados sobre el pecho y uno de sus pies escarbaba la arena.

—¿Está usted molesta por algo, doña Adriana? —preguntó, ya serio.

—Molesta, no. Preocupada, Lituma. Matías no quiere ir a la Asistencia. Es muy porfiado y no puedo convencerlo.

Hizo una pausa y suspiró. Contó que, desde hacía por lo menos un mes, a su marido no se le quitaba la ronquera, y que, cuando tenía accesos fuertes de tos, escupía sangre. Ella había comprado unas medicinas en la farmacia y se las había hecho tomar casi a la fuerza, pero no le habían hecho nada. A lo mejor tenía algo grave y no se podía curar con esos remedios de farmacia. De repente necesitaba radiografías o una operación. El terco no quería saber nada de la Asistencia y decía que se le iba a pasar, que ir a ver a un médico por una tos era cosa de rosquetes. Pero a ella no le metía el dedo a la boca: se sentía peor de lo que aparentaba porque cada noche se le hacía cuesta arriba salir a pescar. Le había prohibido que les hablara a sus hijos de los escupitajos con sangre. Pero ella se los contaría el domingo, cuando vinieran a verla. A ver si ellos lo arrastraban al médico.

—Usted lo quiere mucho a don Matías ¿no, doña Adriana?

—He estado con él casi veinticinco años —sonrió la dueña de la pensión—. Parece mentira cómo se pasa, Lituma. A mí Matías me agarró tiernita, de quince añitos apenas. Yo le tenía miedo, por lo que era tan mayor. Pero me persiguió tanto que acabó por darse gusto. Mis padres no querían que me casara con él. Decían que era muy viejo, que el matrimonio no duraría. Se equivocaron, ya ves. Ha durado y, con todo, nos hemos llevado bastante bien. ¿Por qué me preguntas si lo quiero?

—Porque ahora ya me da un poco de vergüenza decirle lo que vine a hacer aquí, doña Adriana.

El pie que jugaba en la arena se inmovilizó, a milímetros de donde estaba acuclillado el guardia.

—Déjate de misterios, Lituma. ¿Estás haciéndome una adivinanza?

—El teniente me mandó a ver si don Matías había salido ya a pescar —susurró, bajando la voz y con tonito malicioso. Se quedó esperando y, como ella no hizo ninguna pregunta, añadió—: Porque se fue a hacerle una visita, doña Adriana, y no quería que su marido lo fuera a pescar. Ahora mismo debe estar tocándole la puerta.

Hubo un silencio. Lituma sentía chasquear a las olitas que venían a morir en la orilla, cerca de él. Después de un momento, oyó que doña Adriana se reía, despacito, con burla, conteniéndose, como para que él no la oyera. Él también volvió a reírse. Así estuvieron un buen rato, riéndose, cada vez más fuerte, contagiados.

—Qué maldad estar burlándonos así de la prendida del teniente, doña Adriana.

—Todavía debe estar tocando la puerta y rascando la ventana, rogando y rogando que lo deje entrar —habló entre risas la dueña de la pensión—. Prometiéndome el oro y el moro para que le abra. ¡Jajajá! ¡A los puros fantasmas! ¡Jajajá!

Todavía se rieron un rato más. Cuando se callaron, Lituma vio que el pie de la dueña de la fonda volvía a escarbar la arena, con método y obstinación. A lo lejos, silbó la sirena de la refinería. Estaban cambiando el turno, pues allí trabajaban de día y de noche. Oyó, también, ruidos de camiones en la carretera.

—La verdad es que lo tiene loco al teniente, doña Adriana. Si usted lo oyera. No habla de otra cosa. Ni siquiera mira a las otras mujeres. Para él, usted es la reina de Talara.

Oyó que doña Adriana se reía otra vez, complacida.

—Es un mano larga, un día de éstos se va a llevar un sopapo por las confianzas que se toma conmigo —dijo, sin el menor enojo—. ¿Loco por mí? Puro capricho, Lituma. Se le ha metido conquistarme y, como no le hago caso, está entercado. ¿Piensas que voy a creerme que un muchacho como él se ha enamorado de una mujer que podría ser su mamá? Ni tonta, Lituma. Un antojo, nada más. Si le diera gusto una sola vez, ya está, se le quitaría el enamoramiento.

—¿Y usted le va a dar gusto aunque sea una vez, doña Adriana?

—Por supuesto que ni la décima parte de una vez —respondió al instante la dueña de la pensión, haciéndose la molesta. Pero Lituma comprendió que fingía—. Yo no soy una de ésas. Yo soy una madre de familia, Lituma. A mí no me pone la mano encima otro hombre que mi marido.

—Entonces, el teniente se va a morir, doña Adriana. Porque, le juro que no he visto a un hombre tan templado de nadie como él de usted. Hasta le habla en sueños, figúrese.

—¿Y qué dice cuando me habla en sueños?

—No se lo puedo decir, porque son cosas cochinas, doña Adriana.

Ella soltó la carcajada. Cuando terminó de reírse, se incorporó del botecito, y, siempre con los brazos cruzados, echó a caminar. Tomó el rumbo de la fonda, seguida por Lituma.

—Me alegro de este encuentro contigo —dijo—. Me has hecho reír, me has quitado la preocupación que tenía.

—Yo también me alegro, doña Adriana —dijo el guardia—. Gracias a nuestra charla, me olvidé del flaquito que mataron. Lo tengo metido en la cabeza desde que lo vi, en el pedregal. A veces, me dan pesadillas. Espero que esta noche no.

Despidió a doña Adriana en la puerta de la fonda y caminó hasta el Puesto. Él y el teniente dormían allí, el oficial en un cuarto amplio, contiguo a la oficina, y Lituma en una especie de despensa pegada al patiecito de los calabozos. Los otros guardias eran casados y vivían en casas del pueblo. Mientras recorría las calles desiertas, imaginaba al teniente rascando los vidrios de la fonda y susurrando palabras de amor al puro viento.

En la comisaría, vio un papel ensartado en la manija de la puerta. Había sido puesto allí ex profeso, para que lo vieran al entrar. Lo desprendió con cuidado y, adentro —un cuarto de tablas, con un escudo, una bandera, dos escritorios y un basurero—, encendió la lámpara. Estaba escrito en tinta azul, por alguien que tenía una letra pareja y elegante, alguien que sabía escribir sin faltas de ortografía:

«A Palomino Molero, los que lo mataron lo fueron a sacar de la casa de doña Lupe, en Amotape. Ella sabe lo que pasó. Pregúntele.»

La comisaría recibía anónimos con frecuencia, sobre todo por asuntos de cuernos y de negociados en la aduana del puerto. Éste era el primero que se refería a la muerte del flaquito.

V

—Amotape, vaya nombre —se burló el teniente Silva—. ¿Será cierto que viene de la historia esa del cura y su sirvienta? ¿Usted qué cree, doña Lupe?

Amotape está a medio centenar de kilómetros al sur de Talara, en medio de pedregales calcinados y dunas ardientes. En el contorno hay matorrales secos, bosquecillos de algarrobos y algún que otro eucalipto, manchas de pálido verdor que alegran la monótona grisura del paisaje. Los árboles se han encogido, alargado y enrevesado para absorber la escasa humedad de la atmósfera y, a la distancia, parecen brujas gesticulantes. Bajo la sombra bienhechora de sus copas retorcidas hay siempre rebaños de escuálidas cabras, mordisqueando las vainas crujientes que se desprenden de las ramas; también, soñolientos piajenos; también, algún pastor, generalmente un churre o una churre de pocos años, piel requemada y ojos vivísimos.

—¿Usted cree que esa historia del cura y su sirvienta sobre Amotape será cierta, doña Lupe? —repitió el teniente Silva.

El poblado es un revoltijo de cabañas de barro y caña brava, con corralitos de estacas, y alguna que otra casa de rejas nobles, aglomerado en torno a una antigua placita con glorieta de madera, almendros, buganvilias y un monumento de piedra a Simón Rodríguez, el maestro de Bolívar, que murió en esta soledad. Los vecinos de Amotape, gentes pobres y polvorientas, viven de las cabras, los algodonales y de los camioneros y autobuseros que se desvían de la ruta entre Talara y Sullana para tomarse en el pueblo un potito de chicha o comerse un piqueo. El nombre del lugar, dice una leyenda piurana, viene de la Colonia, cuando Amotape, pueblo importante, tenía un párroco avaro, que odiaba dar de comer a los forasteros. Su sirvienta, que le amparaba las tacañerías, al ver asomar un viajero lo alertaba: «Amo, tape, tape la olla que viene gente». ¿Sería cierto?

—Quién sabe —murmuró, al fin, la mujer—. A lo mejor, sí. A lo mejor, no. Dios sabrá.

Era muy flaca, de piel olivácea y apergaminada que se le hundía entre los huesos salientes de los pómulos y los brazos. Desde que los vio llegar, los miraba con desconfianza. «Con más desconfianza todavía de la que nos mira normalmente la gente», pensó Lituma. Los escrutaba con unos ojos profundos y asustadizos, y, a ratos, se sobaba los brazos como sorprendida por un escalofrío. Cuando su mirada se cruzaba con la de uno de ellos, la sonrisita que intentaba le salía tan falsa que parecía morisqueta. «Qué miedo tienes, comadre», pensaba Lituma.

«Tú sí que sabes cosas.» Los había mirado así mientras les servía de comer unos chifles de plátano frito y salado y un seco de chabelo. Así los miraba cada vez que el teniente le pedía que les renovase la calabaza de clarito. ¿A qué hora iba a empezar su jefe a hacerle preguntas? Lituma sentía que la chicha comenzaba a embotarle el cerebro. Era mediodía, hacía un calor de los mil diablos. Él y el teniente eran los únicos parroquianos. Desde el local veían, sesgada, la iglesita de San Nicolás resistiendo heroica el paso del tiempo, y, más allá, a través del arenal, a unos cientos de metros, los camiones que iban rumbo a Sullana o a Talara. A ellos los había traído un camión que cargaba jaulas de pollos. Los dejó en la carretera. Mientras atravesaban el pueblo, habían visto brotar caras curiosas de todas las chozas de Amotape. Varias cabañas tenían pendones blancos, flameando en el tope de una estaca. El teniente preguntó cuál de esas casas en que servían chicha era la de doña Lupe. El corro de churres que los rodeaba señaló al instante la cabañita donde estaban ahora. Lituma suspiró, aliviado. Vaya, por lo menos la mujer existía. El viaje no había sido en vano, pues. Habían venido a la intemperie, oliendo cagarrutas de pollos, apartando las plumas que se les metían a la boca y a las orejas, ensordecidos por el cloqueo de sus compañeros de viaje. La asoleadera le había dado dolor de cabeza. Ahora, al regresar, tendrían que caminar de nuevo hasta la carretera, pararse allí y estirar el brazo hasta que un conductor se comidiera a regresarlos a Talara.

—Buenos días, doña Lupe —había dicho el teniente Silva, al entrar—. Venimos a ver si su chicha, sus chifles y su seco de chabelo son tan buenos como se comenta. Nos los han recomendado. Espero que no nos defraude.

A juzgar por la manera como los miraba, la dueña de la fonda no se había tragado el cuento del teniente. Y, sobre todo, pensó Lituma, considerando lo ácida que era su chicha y lo insípido que sabían las hebras de carne de su seco. Al principio, los churres de Amotape estuvieron merodeando alrededor de ellos. Poco a poco, se fueron aburriendo y yendo. Ahora sólo quedaban en la choza, en torno al fogón, a las tinajas de barro, al camastro y a las tres mesitas chuecas plantadas sobre la tierra, unas criaturas semidesnudas, jugando con unas calabazas vacías. Debían de ser hijas de doña Lupe, aunque parecía difícil que una mujer de su edad tuviera hijas tan chiquitas. ¿O, a lo mejor, no era tan vieja? Todos los intentos de entablar conversación con ella habían sido inútiles. Le hablaran del tiempo, la sequía, la cosecha de algodón de este año o del nombre de Amotape, contestaba siempre igual. Con monosílabos, silencio o evasivas.

—Te voy a decir una cosa que te va a sorprender, Lituma. ¿Tú también crees que doña Adriana es una gorda, no es cierto? Te equivocas. Es una mujer bien despachada, lo que es muy distinto.

¿A qué hora iba a comenzar el teniente? ¿Cómo iba a hacerlo? Lituma se sentía sobre ascuas, escindido entre la sorpresa y la admiración que le provocaban las astucias de su jefe. A él le constaba que el teniente Silva estaba tan ávido como él por desenredar el misterio de la muerte de Palomino Molero. Había sido testigo de la excitación que, la noche anterior, le provocó el anónimo. Olfateando el papel como un sabueso la presa, sentenció:

«No es una pasada. Trae un hedor de cosa cierta. Habrá que ir a Amotape».

—¿Sabes cuál es la diferencia entre una gorda y una mujer bien despachada, Lituma? La gorda es fofa, chorreada, blanduzca. Tocas y la mano se hunde como en un queso mantecoso. Te sientes estafado. La mujer bien despachada es dura, llenita, tiene lo que hace falta y más. Todo en el sitio debido. Está bien distribuida y proporcionada. Tocas y resiste, tocas y rebota. Hay siempre de más, de sobra, para hartarse y hasta para regalar.

En el camino hacia Amotape, mientras el sol del desierto les taladraba los quepis, el teniente había venido monologando sin cesar sobre el anónimo, especulando sobre el teniente Dufó, sobre el coronel Mindreau y su hija. Pero, desde que entraron a la choza de doña Lupe, era como si al teniente Silva se le hubiera eclipsado la curiosidad por Palomino Molero. Toda la comida no había hecho otra cosa que hablar del nombre de Amotape, o, claro está, de doña Adriana. A voz en cuello, sin importarle que la señora Lupe oyera sus arrechuras.

—Es la diferencia entre la grasa y el músculo, Lituma. La gorda es grasa. La mujer bien despachada, una canasta de músculos. Unas tetas musculosas es lo más rico que hay en el mundo, más rico todavía que este seco de chabelo de doña Lupe. No te rías, Lituma, es así mismito como te lo digo. Tú no sabes de esas cosas, yo sí. Un poto grande y musculoso, unos muslos musculosos, unas espaldas y unas caderas de mujer con músculo, son manjares de príncipes, reyes y generales. ¡Uy, Dios mío! ¡Uy, uy, uy! Así es mi amorcito de Talara, Lituma. No gorda sino bien despachada. Una mujer con músculo, carajo. Y eso es lo que a mí me gusta.

El guardia se reía, por disciplina, pero doña Lupe oía todas las habladurías del oficial, muy seria, escrutándolos. «Esperando», pensaba Lituma, seguramente tan en pindingas como él mismo. ¿Cuándo se decidiría el teniente a empezar? Parecía no tener el menor apuro del mundo. Dale que dale con el tema de la gorda.

—Tú dirás: ¿cómo es que el teniente sabe que doña Adrianita es bien despachada y no gorda? ¿La ha tocado, acaso? Es verdad que apenas, Lituma. Apenas, apenitas, una tocadita aquí, de paso, un roce a la apuradita. Cojudeces, ya lo sé, tienes razón en lo que estarás pensando. Pero es que yo la he visto, Lituma. Ya está, ya te conté mi secreto. La he visto bañándose en fustán. Allá en la playita adonde van a bañarse las viejas de Talara para que no las vean los hombres, esa que está detrás del faro, ésa de piedras y rocas, junto al peñón de los cangrejos. ¿Para qué crees que me desaparezco siempre a eso de las cinco, con mis prismáticos, contándote el cuento de ir a tomarme un cafecito en el Hotel Royal? ¿Para qué crees que me trepo al peñón que está sobre esa playita? Para qué va a ser, Lituma. Para mirar a mi amorcito mientras se baña con su fustán rosado. Una vez que el fustán se moja es como si estuviera calata, Lituma. ¡Dios mío, écheme agua, doña Lupe, que me quemo! ¡Apágueme este incendio! Ahí es cuando se ve lo que es un cuerpo bien despachado, Lituma. Las nalgas duras, las tetas duras, puro músculo de la cabeza a los pies. Un día te llevaré conmigo y te la mostraré. Te prestaré mis prismáticos. Te quedarás bizco, Lituma. Verás que tengo razón. Verás el cuerpo más sabroso de Talara. Sí, Lituma, yo no soy celoso, por lo menos con mis subordinados. Si te portas bien, un día te treparé al peñón de los cangrejos. Te dará un patatús de felicidad al ver a ese hembrón.

Era como si se hubiera olvidado qué habían venido a hacer a Amotape, carajo. Pero, cuando la impaciencia ya comenzaba a desesperar a Lituma, el teniente Silva, de pronto, enmudeció. Se quitó los anteojos oscuros —el guardia vio que su jefe tenía las pupilas brillantes e incisivas—, los limpió con su pañuelo y se los calzó de nuevo. Con mucha calma encendió un cigarrillo. Habló con una vocecita acaramelada:

—Una cosa, doña Lupe. Venga, venga, siéntese con nosotros un ratito. Tenemos que hablar, ¿no?

—¿Y de qué? —murmuró la mujer, con los dientes chocándole. Se había puesto a temblar como si tuviera tercianas. Lituma se dio cuenta que él también temblaba.

—De Palomino Molero, pues, doña Lupe, de qué va a ser —le sonrió el teniente Silva—. De mi amor de Talara, de mi gordita rica, no voy a hablar con usted ¿no le parece? Venga, venga. Siéntese aquí.

—No sé quién es ése —balbuceó la mujer, transformada. Se sentó como una autómata en el banquito que el teniente le señalaba. Se había demacrado de golpe y parecía más flaca que antes. Haciendo una mueca extraña, que le torcía la boca, repitió—: Juro que no sé quién es.

—Claro que sabe usted quién es Palomino Molero, doña Lupe —la reprendió el teniente Silva. Había dejado de sonreír y hablaba en un tono frío y duro que sobresaltó a Lituma. Éste pensó: «Sí, sí, por fin sabremos qué pasó»—. El avionero que asesinaron en Talara. El que quemaron con cigarrillos y ahorcaron. Al que le zambulleron un palo en el trasero. Palomino Molero, un flaquito que cantaba boleros. Estuvo aquí, en esta casa, donde estamos usted y yo. ¿Ya no se acuerda?

Lituma vio que la mujer abría mucho los ojos y también la boca. Pero no dijo nada. Permaneció así, desencajada, temblando. Una de las criaturas hizo un puchero.

—Le voy a hablar francamente, señora —el teniente arrojó una bocanada de humo y pareció distraerse, observando las volutas. Prosiguió de improviso, con severidad—: Si usted no coopera, si no responde a mis preguntas, se va a meter en un lío de la puta madre. Se lo digo así, con palabrotas, para que se dé cuenta de lo grave que es. No quiero detenerla, no quiero llevármela a Talara, no quiero meterla en un calabozo. Yo no quiero que se pase el resto de la vida en la cárcel, como encubridora y cómplice de un crimen. Le aseguro que no quiero nada de eso, doña Lupe.

La criatura seguía haciendo pucheros y Lituma, llevándose un dedo a los labios, le indicó silencio. Ella le sacó la lengua y sonrió.

—Me van a matar —gimió la mujer, despacito. Pero no lloraba. En sus ojos secos había odio y miedo animal. Lituma no se atrevía a respirar, le parecía que si se movía o hacía ruido ocurriría algo gravísimo. Vio que el teniente Silva, con mucha parsimonia, abría su cartuchera. Sacó su pistola y la puso sobre la mesa, apartando las sobras del seco de chabelo. Le acarició el lomo mientras hablaba:

—Nadie le va a tocar un pelo, doña Lupe. Siempre y cuando nos diga la verdad. Aquí está esto para defenderla, si hace falta.

El rebuzno enloquecido de una burra quebró, a lo lejos, la quietud del exterior. «Se la están cachando», pensó Lituma.

—Me han amenazado, me han dicho si abres la boca vas a morir —aulló la mujer, alzando los brazos. Se apretaba la cara con las dos manos y se retorcía de pies a cabeza. Se oía entrechocar sus dientes—. Qué culpa tengo, qué he hecho yo, señor. No puedo morirme, dejar abandonadas a estas criaturas. A mi marido lo mató un tractor, señor.

Los niños que jugaban en la tierra se volvieron al oírla gritar, pero, luego de un momento, se desinteresaron de ella y retornaron a sus juegos. La criatura que hacía pucheros había ido gateando hasta el umbral de la choza. El sol enrojeció su pelo, su piel. Se chupaba el dedo.

—Ellos también me mostraron sus pistolas, a quién hago caso, a ustedes o a ellos —aulló la mujer. Trataba de llorar, hacía muecas, se estrujaba los brazos, pero tenía los ojos siempre secos. Se golpeó el pecho y se santiguó.

Lituma ojeó el exterior. No, los gritos de la mujer no habían atraído al vecindario. Por el hueco de la puerta y los intersticios de las estacas se veía el portón cerrado de la iglesita de San Nicolás y la plaza desierta. Los niños que, hasta hacía un momento, correteaban y pateaban pelotas de trapo alrededor de la glorieta de madera, ya no estaban allí. Pensó: «Se los han llevado, los han escondido. Sus padres los agarrarían del pescuezo y meterían a las chozas, para que no oyeran ni vieran lo que iba a pasar aquí». Todos sabían, pues, lo de Palomino Molero; todos habían sido testigos. El misterio se iba a aclarar, ahora sí.

—Cálmese, vayamos pasito a paso, sin apurarnos —dijo el teniente. Pero su tono, a diferencia de sus palabras, no quería tranquilizarla sino aumentar su miedo. Era frío y amenazador—: Nadie la va a matar ni a meterse con usted. Palabra de hombre. A condición de que me hable con franqueza. De que me diga toda la verdad.

—No sé nada, no sé nada, tengo susto, Dios mío —balbuceó la mujer. Pero en su expresión, en su abandono, era visible que sabía todo y que no tenía fuerzas para negarse a contarlo—. Ayúdame, San Nicolás.

Se santiguó dos veces y besó sus dedos cruzados.

—Empezando por el principio —ordenó el teniente—. Cuándo y por qué vino aquí Palomino Molero. ¿Desde cuándo lo conocía usted?

—Yo no lo conocía, no lo había visto en la vida —protestó la mujer. Bajaba y subía la voz, como si hubiera perdido el control de su garganta, y revolvía los ojos—. Yo no le hubiera dado cama aquí, si no hubiera sido por la muchacha. Buscaban al párroco, al padre Ezequiel. Pero no estaba. Casi nunca está, para viajando.

—¿La muchacha? —se le escapó a Lituma.

Una mirada del teniente le hizo morderse la lengua.

—La muchacha —tembló doña Lupe—. Sí, ella. Me rogaron tanto que me compadecí. Ni siquiera fue por plata, señor, y Dios sabe la falta que me hace. A mi marido lo pisó el tractor. ¿No le he dicho? Por Nuestro Señor que nos está viendo y escuchando allá arriba, por San Nicolasito que es nuestro patrono. Si ellos ni siquiera tenían plata. Apenas para pagar la comida, nomás. La cama se la di de balde. Y porque iban a casarse. Por compasión, por lo tiernitos que eran, casi unos churres, por lo enamorados que se los veía, señor. Cómo iba a saber lo que pasaría. Qué te he hecho, Diosito, por qué me metes en una desgracia semejante.

El teniente esperó, echando argollas de humo y fulminando a la mujer con la mirada a través de sus anteojos, que doña Lupe se persignara, se restregara los brazos y se apretara la cara como si fuera a destrozársela.

—Ya sé que es usted buena gente, la calé ahí mismo —dijo, sin cambiar de tono—. No se preocupe, siga. ¿Cuántos días estuvieron aquí los tortolitos?

El rebuzno obsceno hirió de nuevo la mañana, más cerca, y Lituma oyó también un galope. «Ya se la tiró», dedujo.

—Sólo dos —respondió doña Lupe—. Estuvieron esperando al párroco. Pero el padre Ezequiel estaba de viaje. Siempre está. Dice que va a bautizar y casar gente de las haciendas de la sierra, que se va a Ayabaca porque es muy devoto del Señor Cautivo, pero quién sabe. Mil cosas se dicen de tanto viaje. Yo les dije no lo esperen más, puede tardar una semana, diez días, quién sabe cuántos. Iban a irse a la mañana siguiente a San Jacinto. Era domingo y yo misma les aconsejé que se fueran para allá. Los domingos un padre de Sullana va a San Jacinto a decir la misa. Él podía casarlos, pues, en la capillita de la hacienda. Era lo que más querían en el mundo, un padre que los casara. Aquí, era por gusto que siguieran esperando. Váyanse, váyanse a San Jacinto.

—Pero los tortolitos no llegaron a irse ese domingo —la interrumpió el teniente.

—No —se aterró doña Lupe. Quedó muda y miró a los ojos al oficial, luego a Lituma y de nuevo al teniente. Temblaba y entrechocaba los dientes.

—Porque... —la ayudó el oficial, silabeando.

—Porque vinieron a buscarlos el sábado en la tarde —secreteó ella, desorbitada.

Todavía no había oscurecido. El sol era una bola de fuego entre los eucaliptos y los algarrobos, las calaminas de algunos techos espejeaban con el resplandor del crepúsculo, y, en eso, ella, que estaba cocinando, doblada sobre el fogón, vio el auto. Se salió de la carretera, enfiló hacia Amotape y, brincando, roncando, levantando un terral, se vino derechito hacia la plaza. Doña Lupe no le quitaba los ojos, viéndolo acercarse. Ellos también lo sintieron y lo vieron. Pero no le hicieron caso hasta que frenó junto a la iglesia. Estaban sentados ahí, besándose. Todo el día estaban besándose. Ya basta, ya basta, dan el mal ejemplo a los churres. Más bien conversen o canten.

—Porque él cantaba bonito ¿no? —susurró el teniente, animándola a seguir—. ¿Boleros, sobre todo?

—También valses y tonderos —asintió la mujer. Suspiró tan fuerte que Lituma dio un respingo—. Y hasta cumananas, ese canto en que dos se desafían. Lo hacía muy bien, gracioso era.

—El carro llegó a Amotape y usted lo vio —le recordó el teniente—. ¿Ellos se echaron a correr? ¿Se escondieron?

—Ella quiso que se escapara, que se escondiera. Lo asustaba diciéndole corre amor, escápate amor, corre, corre, no te quedes, no quiero que...

—No, amor, date cuenta, has sido mía, hemos pasado dos noches juntos, tú ya eres mi mujer. Ahora nadie podrá oponerse. Tendrán que aceptar nuestro amor. No me voy. Lo voy a esperar, le voy a hablar.

Ella, asustadísima, corre, corre, te van a, te pueden no sé qué, escápate, yo los entretengo, no quiero que te maten amor. Estaba tan asustada que doña Lupe se asustó, también:

—¿Quiénes son? —les preguntó, señalando el auto embadurnado de tierra, las siluetas que descendían y se recortaban, oscuras, sin cara, contra el horizonte incendiado—. ¿Quién viene ahí? Dios mío, Dios mío, qué va a pasar.

—¿Quiénes venían, doña Lupe? —echó una hilera de argollas de humo el teniente Silva.

—Quién iba a ser —susurró la mujer, casi sin separar los dientes, con una furia que borró su miedo—. Quién, sino ustedes.

El teniente Silva no se alteró:

—¿Nosotros? ¿La Guardia Civil? Querrá usted decir la Policía Aeronáutica, gente de la Base Aérea de Talara. ¿No?

—Ustedes, los uniformados —susurró la mujer, de nuevo empavorecida—. ¿No es la misma cosa?

—En realidad, no —sonrió el teniente Silva—. Pero, no importa.

Y, en ese momento, sin distraerse un ápice de las revelaciones de doña Lupe, Lituma los vio. Ahí estaban, protegiéndose del sol bajo la techumbre de esteras, sentados muy juntos y con los dedos entrelazados, un instante antes de que les cayera encima la desgracia. Él había inclinado su cabeza de rizos negros y cortitos sobre el hombro de la muchacha y, rozándole el oído con los labios, le cantaba, Dos almas que en el mundo, había unido Dios, dos almas que se amaban, eso éramos tú y yo. Conmovida por la ternura y la delicadeza de la canción, ella tenía los ojos aguados y, para oír mejor el canto o por coquetería, encogía un poco el hombro y fruncía su carita de muchacha enamorada. No había rastro de antipatía, ni de arrogancia, en esas facciones adolescentes dulcificadas por el amor. Lituma sintió que lo embargaba una desoladora tristeza al divisar, por donde sin duda aparecería y vendría, precedido por el trueno de su motor, entre nubarrones de polvo amarillento, el vehículo de los uniformados. Recorría el caserío de Amotape al promediar el día, y, luego de unos minutos atroces, venía a detenerse a pocos metros de la misma choza sin puerta en la que ahora se encontraban. «Por lo menos, en esos dos días que pasó aquí, debió ser muy feliz», pensó.

—¿Sólo dos? —preguntó el teniente. Lituma se sorprendió al ver a su jefe tan sorprendido. Evitaba mirarlo a los ojos, por una oscura superstición.

—Sólo dos —repitió la mujer, asustada, dudando. Entornó los párpados, como si repasara su memoria para desentrañar en qué se había equivocado—. Nadie más. Se bajaron los dos y el jeep quedó vacío. Porque el carro era un jeep, ahora se veía. No eran más que dos hombres, estoy segura. ¿Por qué, señor?

—Por nada —dijo el teniente, pisoteando la colilla de su cigarro—. Me imaginé que habría salido a buscarlos al menos una patrulla. Pero, si usted vio dos, eran dos, no hay problema. Siga, señora.

Otro rebuzno interrumpió a doña Lupe. Se elevó en la caldeada atmósfera del mediodía de Amotape, largo, lleno de altibajos, profundo, jocoso, seminal, y, al instante, las criaturas que jugaban en el suelo, se pusieron de pie y salieron, corriendo o gateando, muertas de risa y de malicia. Iban en busca de la burra, pensó Lituma, iban a ver cómo se la montaba el piajeno que la hacía rebuznar así.

—¿Estás bien? —dijo la sombra del más viejo, la sombra del que no tenía un revólver en la mano—. ¿Te hizo daño? ¿Estás bien?

Había oscurecido en pocos segundos. En el escaso tiempo que había tomado a la pareja de hombres recorrer el tramo entre el jeep y la choza, la tarde se había vuelto noche.

—Si le haces algo, me mataré —dijo la muchacha, sin gritar, desafiante, los talones bien plantados sobre la tierra, los puños cerrados, el mentón vibrante—. Si le haces algo, me mataré. Pero, antes, le contaré todo al mundo entero. Todos se morirán de asco y vergüenza de ti.

Doña Lupe temblaba como una hoja de papel:

—Qué pasa, señor, quiénes son ustedes, en qué puedo servirlos, ésta es mi modesta casa, yo no hago mal a nadie, yo soy una pobre mujer.

El que tenía el arma, la sombra que echaba fuego cada vez que miraba al muchacho —porque el más viejo sólo miraba a la muchacha—, se acercó a doña Lupe y le puso la pistola entre las escurridas tetas:

—Nosotros no estamos aquí, nosotros no existimos —ordenó, borracho de odio y de ira—. Si abre la boca, morirá como una perra con rabia. La mataré yo mismo. ¿Entendido?

Ella se dejó caer de rodillas, implorando. No sabía nada, no entendía. ¿Qué había hecho, señor? Nada, nada, recibir a dos jóvenes que le pidieron pensión. Por Dios, por su santa madrecita, señor, que no fuera a disparar, que no hubiera ninguna desgracia en Amotape.

—¿El más joven le decía al más viejo «mi coronel»? —la interrumpió el teniente Silva.

—Yo no sé, señor —repuso ella, buscando. Trataba de adivinar lo que le convenía saber, decir—: ¿Mi coronel? ¿El más joven al más viejo? A lo mejor sí, a lo mejor no. Yo no me recuerdo de eso. Yo soy pobre e ignorante, señor. Yo no me busqué nada de esto, la casualidad nomás. El de la pistola me dijo que si abría la boca y contaba lo que le estoy contando, volvería a meterme un balazo en la cabeza, otro en la barriga y otro en las partes. Qué hago, qué voy a hacer. He perdido a mi marido, lo destrozó el tractor. Tengo seis hijos y apenas puedo darles de comer. Tuve trece y se me murieron siete. Si me matan, se morirán los otros seis. ¿Es justo eso?

—¿El que tenía el revólver era un alférez? —insistió el teniente—. ¿Tenía un galón en la hombrera? ¿Una sola insignia en la gorra?

Lituma pensó que había transmisión de pensamientos. Su jefe hacía las preguntas que se le iban ocurriendo a él. Estaba acezante y con una especie de vértigo.

—Yo no sé esas cosas —aulló la mujer—. No me confunda, pues, no me haga preguntas que no comprendo. ¿Qué es alférez, qué es eso?

Lituma la oía pero los estaba viendo de nuevo, nítidos, a pesar de las sombras azules que habían envuelto a Amotape. La señora Lupe, de rodillas, lloriqueaba ante el joven frenético y gesticulante, ahí, en la frontera, entre la choza y la calle; el viejo miraba con amargura, dolor, despecho, a la desafiante muchacha, que protegía con su cuerpo al flaquito y no lo dejaba avanzar ni hablar a los recién llegados. Estaba viendo que, como ahora, la llegada de los forasteros había borrado de las calles y sepultado en sus casas a los niños y viejos y hasta los perros y cabras de Amotape, temerosos de verse envueltos en un lío.

—Tú cállate, tú no hables, quién eres tú, con qué derecho, tú qué haces aquí —decía la muchacha, tapándolo, alejándolo, conteniéndolo, impidiéndole avanzar, hablar. Y, a la vez, seguía amenazando a la sombra del más viejo—: Me mataré y diré todo a todos.

—Yo la quiero con toda mi alma, yo soy honrado, dedicaré mi vida a adorarla y a hacerla feliz —balbuceaba el flaquito. No podía, pese a sus esfuerzos, sortear el escudo que era el cuerpo de la muchacha y adelantarse. La sombra del viejo tampoco ahora se volvió hacia él; siguió concentrada en la muchacha como si en Amotape, en el mundo, no existiera nadie más que ella. Pero, el joven, al oírlo, dio media vuelta y se precipitó hacia él, maldiciendo entre dientes, con el revólver levantado como para incrustárselo en la cabeza. La muchacha se interpuso, forcejeando, y, entonces, la sombra del más viejo, seca y tajante, ordenó, una sola vez: «Quieto». El otro obedeció en el acto.

—¿Dijo sólo «quieto»? —preguntó el teniente Silva—. ¿O, «quieto, Dufó»? ¿O, «quieto, alférez Dufó»?

Más que transmisión de pensamiento, era milagro. Su superior hacía las preguntas usando las mismas palabras que se le ocurrían a Lituma.

—Yo no sé —juró doña Lupe—. No oí ningún nombre. Yo sólo supe que él se llamaba Palomino Molero cuando vi las fotos en *El Tiempo* de Piura. Lo reconocí ahí mismito. Se me quebró el corazón, señor. Es él, el churre que se robó a la muchacha y se la trajo a Amotape. Ni entonces supe ni ahora sé tampoco cómo se llamaba ella o los señores que vinieron a buscarlos. Y no quiero saberlo, tampoco. No me lo diga, por favor, si usted lo sabe. ¿Acaso no estoy cooperando con usted? ¡No me diga esos nombres!

—No te asustes, no grites, no digas esas cosas —dijo la sombra del más viejo—. Hijita, hijita querida. ¿Cómo va a ser posible que me amenaces? ¿Matarte tú, tú?

—Si le haces algo, si le tocas un dedo —lo desafió la muchacha. En el cielo, detrás de un velo azuloso, las sombras se adensaban y habían brotado las estrellas. Algunos candiles empezaban a titilar entre las cañas, los adobes y las rejas de Amotape.

—Más bien le doy la mano y de todo corazón le digo: «Lo perdono» —murmuró la sombra del más viejo. En efecto, alargó el brazo, aunque todavía sin mirarlo. Doña Lupe sintió que resucitaba. Vio que se daban la mano. El muchacho apenas podía hablar.

—Yo le juro que, yo haré todo —se ahogaba de la emoción—: Ella es la luz de mi vida, lo más santo, ella...

—Y, ustedes dos, también, estréchense la mano —ordenó la sombra del más viejo—. Sin rencores. Nada de jefes y subordinados. Nada de eso. Sólo dos hombres, tres hombres, arreglando sus asuntos, de igual a igual, como deben hacerlo los hombres. ¿Estás contenta ahora? ¿Estás tranquila por fin? Ya está, ya pasó el mal rato para todos. Ahora, vámonos de aquí.

Se apresuró a sacar su cartera, del bolsillo de atrás del pantalón. Doña Lupe sintió que le ponían unos billetes sudados en la mano y oyó una voz caballerosa agradeciéndole las molestias y recomendándole olvidarse de todo. Luego, vio que la sombra del más viejo salía y avanzaba hacia el jeep, todavía con las puertas abiertas. Pero el de la pistola, antes de partir, volvió a ponérsela en el pecho:

—Si usted abre la boca, ya lo sabe. Acuérdese.

—¿Y el flaquito y la muchacha se subieron así nomás, tan mansitos, al jeep? ¿Y se fueron con ellos? —el teniente no se lo creía, a juzgar por la cara que había puesto. Lituma tampoco.

—Ella no quería, ella desconfiaba y trató de atajarlo —dijo doña Lupe—. Quedémonos aquí. No le creas, no le creas.

—Vamos, vengan de una vez, hijita —los animaba, desde el interior del jeep, la voz del más viejo—. Es un desertor, no lo olvides. Tiene que volver. Hay que arreglar eso cuanto antes, limpiar ese borrón en la foja de servicios. Pensando en su futuro, hijita. Vamos, vamos.

—Sí, amor, él tiene razón, él nos ha perdonado, vamos, hagámosle caso, subamos —porfiaba el muchacho—. Yo le tengo confianza. Cómo no se la voy a tener, siendo quien es.

«Siendo quien es.» Lituma sintió que una lágrima le rodaba por la mejilla hasta la comisura de los labios. Era salada, una gotita de agua de mar. Seguía oyendo, como un rumor marino, a doña Lupe, interrumpida de cuando en cuando por las preguntas del teniente. Vagamente comprendía que la señora no contaba ya nada que no hubiera contado antes sobre lo que ellos habían venido a averiguar. Lamentaba su mala suerte, lo que le iría a pasar, preguntaba al cielo qué pecado había cometido para verse enredada en una historia tan horrible. A ratos, se le escapaba un sollozo. Pero nada de lo que ella decía le interesaba ya a Lituma. En una suerte de sonambulismo, una y otra vez veía a la pareja feliz, disfrutando de su luna de miel prematrimonial en las humildes callecitas de Amotape: él, un cholito del barrio de Castilla; ella, una blanquita de buena familia. Para el amor no había barreras, decía el vals. En este caso había sido cierto; el amor había roto los prejuicios sociales y raciales, el abismo económico. El amor que debían haber sentido el uno por el otro debía de haber sido intenso, irrefrenable, para hacer lo que hicieron. «Nunca he sentido un amor así», pensó. «Ni siquiera esa vez que me enamoré de Meche, la querida de Josefino.» No, él se había encamotado algunas veces, caprichos que se desvanecían una vez que la mujer cedía o resistía tanto que él se cansaba. Pero un amor jamás le había parecido tan imperioso como para arriesgar por él la vida, como lo había hecho el flaquito, o para desafiar por él al mundo entero, como lo había hecho la muchacha. «A lo mejor a mí no me ha tocado nacer para sentir lo que es el verdadero amor», pensó. «A lo mejor, por haberme pasado la vida yendo donde las polillas con los inconquistables, se me emputeció el corazón y me volví incapaz de querer a una mujer como el flaquito.»

—¿Qué voy a hacer ahora, señor? —oyó implorar a doña Lupe—. Aconséjeme, pues.

El teniente, de pie, preguntaba cuánto eran los claritos de chicha y el seco de chabelo. Cuando la mujer dijo nada, nada, él insistió. De ninguna manera, señora, él no era uno de esos policías conchudos y gorreros, él pagaba lo que consumía, estuviera de servicio o no.

—Pero, dígame al menos qué tengo que hacer ahora —rogó angustiada doña Lupe. Tenía las manos juntas, como rezando—. Me van a matar igual que al pobre muchacho. ¿No se da cuenta? No sé adónde ir, no tengo dónde. ¿Acaso no he cooperado, como me pidió? Dígame qué hago ahora.

—Quedarse callada, doña Lupe —dijo el teniente, afablemente, poniéndole el dinero de la cuenta junto al potito de chicha en que había bebido—. Nadie la matará. Nadie vendrá a molestarla. Siga su vida de siempre y olvídese de lo que vio, de lo que oyó y también de lo que nos ha contado. Hasta lueguito.

Se llevó la punta de dos dedos a la visera de su quepis, en un gesto de despedida que era frecuente en él. Lituma se puso de pie, apresurado, y, olvidando despedirse de la dueña del local, lo siguió. Salir a la intemperie, recibir el sol vertical directamente, sin el tamiz de las esteras y estacas, fue como entrar en el infierno. A los pocos segundos, sentía su camisa caqui empapada y la cabeza zumbándole. El teniente Silva caminaba con aparente soltura; a él se le hundían los botines en la arena y andaba con esfuerzo. Recorrían una sinuosa calle, la principal de Amotape, rumbo al descampado y a la carretera. Al pasar, de soslayo, Lituma advertía los racimos humanos detrás de las estacas de las casitas, los ojos curiosos e inquietos de los vecinos. Al verlos llegar, se habían escondido, temerosos de la policía, y, estaba seguro, apenas hubieran salido ellos de Amotape, se precipitarían en tumulto a la choza de doña Lupe a preguntarle qué había pasado, qué le habían dicho, hecho. Caminaban mudos, enfrascados en sus pensamientos, el teniente dos o tres pasos adelante. Cuando cruzaban las últimas viviendas del caserío, un perro sarnoso salió a mostrarles los dientes. En el arenal, rápidas lagartijas aparecían y desaparecían entre los pedruscos. Lituma pensó que, por esos descampados, habría también zorros. El flaquito y la muchacha, los dos días que estuvieron refugiados en Amotape, seguramente los oían ulular en las noches, cuando se acercaban, hambrientos, a merodear alrededor de los corrales de cabras y gallinas. ¿Se asustaría la muchacha al oír el aullido de los zorros? ¿Se abrazaría a él, temblando, buscando protección y él la tranquilizaría diciéndole cositas cariñosas al oído? ¿O, en su gran amor, estarían en las noches tan alelados, tan absortos, que ni siquiera escuchaban los ruidos del mundo? ¿Habrían hecho el amor por primera vez aquí en Amotape? ¿O antes, acaso en el arenal que rodeaba la Base Aérea de Piura?

Cuando llegaron a orillas de la carretera, Lituma estaba mojado de pies a cabeza, como si se hubiera metido vestido en una acequia. Vio que también el pantalón verde y la camisa crema del teniente Silva tenían grandes lamparones de sudor y que su frente estaba constelada de gotitas. No se veía ningún vehículo. Su jefe, con un gesto de resignación, levantó los hombros. «Paciencia», murmuró. Sacó una cajetilla de Incas, ofreció un cigarrillo a Lituma y encendió otro él. Durante un rato fumaron en silencio, abrasándose de calor, pensando, observando los espejismos de lagos y fuentes y mares frente a ellos, con el interminable arenal. El primer camión que pasó rumbo a Talara no se detuvo, pese a los gestos frenéticos que le hicieron ambos con sus gorras.

—En mi primer destino, en Abancay, recién salido de la Escuela de Oficiales, tenía un jefe que no aguantaba pulgas. Un capitán que, en estos casos, ¿sabes lo que hacía, Lituma? Sacaba su revólver y le reventaba las llantas —el teniente miró con amargura al camión que se alejaba—. Le decíamos el capitán Rascachucha, porque era muy mujeriego. ¿No te darían ganas de hacer lo mismo con este malagracia?

—Sí, mi teniente —murmuró el inconquistable, distraído.

El oficial lo examinó con curiosidad.

—¿Estás muy impresionado con lo que has oído, no es cierto?

El guardia asintió.

—Todavía no acabo de creerme todo lo que la señora nos ha dicho. Lo que pasó en este agujero infeliz.

El teniente hizo volar la colilla de su cigarrillo al otro lado de la pista, y, con su pañuelo, ya empapado, se secó la frente y el cuello.

—Sí, nos ha dicho cosas cojonudas —reconoció.

—Nunca creí que ésta fuera la historia, mi teniente —dijo Lituma—. Me había imaginado muchas cosas. Menos ésta.

—¿Quiere decir que tú sabes todo lo que pasó con el flaquito, Lituma?

—Bueno, más o menos, mi teniente —balbuceó el guardia. Y, con cierto temor, añadió—: ¿Usted no?

—Yo, todavía —dijo el oficial—. Es otra cosa que tienes que aprender. Nada es fácil, Lituma. Las verdades que parecen más verdades, si les das muchas vueltas, si las miras de cerquita, lo son sólo a medias o dejan de serlo.

—Bueno, sí, seguramente —murmuró Lituma—. Pero, en este caso ¿no está todo claro?

—Por lo pronto, aunque te parezca mentira, yo ni siquiera estoy totalmente seguro que los que lo mataron fueran el coronel Mindreau y el teniente Dufó —dijo el teniente, sin la menor burla en la voz, como reflexionando en voz alta—. Lo único que me consta es que quienes vinieron a buscarlos aquí y se los llevaron fueron ese par.

—Le voy a decir una cosa —susurró el guardia, pestañeando—. No es eso lo que más me ha impresionado. Sino ¿sabe qué? Ahora sé por qué el flaquito se enroló como voluntario en la Base de Talara. Para estar cerca de la muchacha que quería. ¿No le parece extraordinario que alguien haga una cosa así? ¿Que un muchacho, exonerado del servicio, venga y se enrole por amor, para estar junto a la hembrita que quiere?

—Y por qué te admira tanto eso —se rió el teniente Silva.

—Es fuera de lo común —insistió el guardia—. Algo que no se ve todos los días.

El teniente Silva empezó a hacer alto con las manos a un vehículo que se aproximaba a lo lejos.

—Entonces, no sabes lo que es el amor —lo oyó burlarse—. Yo me metería de avionero, de soldado raso, de cura, de recogedor de basura y hasta comería caca si hiciera falta, para estar cerca de mi gordita, Lituma.

VI

—YA ESTÁ, ¿no te lo dije?, ahí viene —exclamó el teniente Silva, los prismáticos bien pegados a los ojos. Alargaba una cabeza de jirafa—. Puntual como una inglesa. Bienvenida, mamacita. Ven, calatéate para verte de una vez. Agáchate, Lituma, si nos pesca se da media vuelta.

Lituma se escabulló detrás de la roca donde estaban apostados hacía lo menos media hora. ¿Era doña Adriana esa nubecita de polvo, allá a lo lejos, procedente del sector de la costa que llamaban Punta Arena, o sus arrechuras lo hacían ver visiones al teniente Silva? Estaban en el peñón de los cangrejos, atalaya natural de una playita pedregosa, de aguas quietas, protegida de los vientos del atardecer por un farallón polvoriento y por varios almacenes de la International Petroleum Company. A sus espaldas, desplegada en abanico, tenían la bahía, con sus dos muelles, la refinería erizada de tubos, escaleras y torreones metálicos y el desorden del pueblo. ¿Cómo había descubierto el teniente que doña Adriana se venía a bañar aquí, en la tarde, cuando el sol se enrojecía y el calor atenuaba un poco? Porque, sí, la nubecita de polvo era ella; el guardia reconocía ahora las formas compactas y el andar cadencioso de la dueña de la fonda.

—Ésta es la mayor demostración que le he dado jamás a nadie, Lituma —murmuró el teniente, sin apartar los prismáticos de la cara—. Le vas a ver el poto a mi gorda, nada menos. Y las tetas. Y, con un poco de suerte, también la chuchita y los pendejitos. Prepárate, Lituma, porque te vas a morir. Será tu regalo de cumpleaños, tu ascenso. Qué suertudo eres de tener un jefe como yo, hombre.

El teniente Silva hablaba como un loro desde que estaba allí, pero Lituma apenas lo oía. Se hallaba ahora más atento a los cangrejos que a las bromas de su jefe o a la llegada de doña Adriana. El peñón merecía su nombre: había cientos y acaso millares. Cada uno de esos huequecitos en la tierra era un escondite. Lituma, fascinado, los veía asomar como unas movedizas manchitas terrosas, y, una vez afuera, estirarse y ancharse hasta recuperar esa incomprensible forma que tenían, y echarse a correr, al sesgo, de una manera tan confusa que era imposible saber si avanzaban o retrocedían. «Igual que nosotros en lo de Palomino Molero», pensó.

—Agáchate, agáchate, que no te vea —ordenó su jefe, a media voz—. Qué maravilla, ya comenzó a calatearse.

Se le ocurrió que el cerro entero estaba horadado por las galerías excavadas en él por los cangrejos. ¿Y si, de pronto, cedía? El teniente Silva y él se hundirían en unas profundidades oscuras, arenosas, asfixiantes, pobladas de enjambres de esas costras vivientes, artilladas con pinzas. Antes de perecer, tendrían una agonía de pesadilla. Tentó el suelo. Durísimo, menos mal.

—Présteme, pues, sus prismáticos —rezongó—. Me invita a ver y resulta que se lo ve todo solito, mi teniente.

—Para algo soy tu jefe, huevonazo —sonrió el teniente. Pero le alcanzó los prismáticos—. Mira rapidito. No quiero que te me envicies.

El guardia graduó los prismáticos a su vista y miró. Vio a doña Adriana, allá abajo, pegadita al farallón, quitándose el vestido con toda calma. ¿Sabía que la estaban espiando? ¿Se demoraba así para provocar al teniente? No, sus movimientos tenían la flojera y el abandono de quien se cree a salvo de miradas. Había doblado el vestido y se empinó para colocarlo en una roca adonde no llegaban las salpicaduras del mar. Tal como había dicho su jefe, llevaba un fustán rosado, corto, y Lituma pudo verle los muslos, gruesos como troncos de laurel, y los pechos que sobresalían hasta la orilla misma del pezón.

—Quién hubiera dicho que, a sus años, doña Adriana tenía tantas cositas ricas —se asombró.

—No mires tanto que me la vas a gastar —lo riñó el teniente, arrebatándole los prismáticos—. En realidad, lo bueno viene ahora, en el agua. Cuando el fustán se le pega al cuerpo, se vuelve transparente. Éste no es un show para guardias, Lituma. Es de tenientes para arriba solamente.

El guardia se rió, por amabilidad, no porque los chistes del teniente le hicieran gracia. Se sentía incómodo e impaciente. ¿Era por culpa de Palomino Molero? Tal vez. Desde que lo había visto empalado, crucificado y quemado, en el pedregal, tenía la sensación de que ni un solo momento había podido quitárselo de la cabeza. Antes creía que, una vez que descubrieran quiénes y por qué lo habían matado, se libraría de él. Pero ahora, aunque más o menos se hubiera aclarado el misterio, la imagen del muchacho seguía con él día y noche. «Me estás amargando la vida, flaquito de mierda», pensó. Decidió que este fin de semana pediría permiso a su jefe para ir a Piura.

Era día de paga. Buscaría a los inconquistables y les invitaría una tranca en el barcito de la Chunga. Rematarían la noche en la Casa Verde, con las polillas. Eso le haría bien, puta madre.

—Mi gordita pertenece a una raza superior de mujeres —susurró el teniente Silva—. Las que no usan calzón. Mira, Lituma, mira las ventajas de que una hembra vaya por la vida sin calzón.

Le alcanzó los prismáticos y, por más que esforzó la vista, Lituma no alcanzó a ver gran cosa. Doña Adriana se bañaba en la orillita, chapoteando, echándose agua con las manos, y entre lo que ella salpicaba y la espuma de las olitas, lo que se podía divisar de su cuerpo, aunque su fustán se trasluciera, era basura.

—Yo no debo tener su buena vista, o, mejor dicho, su gran imaginación, mi teniente —se quejó, devolviéndole los prismáticos—. La verdad, no veo más que la espumita.

—Entonces, jódete —susurró el teniente, llevándose una vez más los prismáticos a la cara—. Yo, en cambio, la estoy viendo como se pide chumbeque. De arriba abajo, de adelante atrás. Y, si quieres saberlo, te puedo decir que sus pendejos son crespitos como los de una zamba. Y hasta cuántos tiene, si me lo pides. Los veo tan clarito que los podría contar uno por uno.

—Y qué más —dijo, tras ellos, la voz de la muchacha.

Lituma se cayó sentado. A la vez, volvió la cabeza con tanta brusquedad que se le torció el pescuezo. Aun cuando estaba viendo que no era así, le seguía pareciendo que no había hablado una mujer sino un cangrejo.

—Qué más porquerías van a decir —preguntó la muchacha. Tenía los puñitos en la cadera, como un matador que hace un desplante—. Qué otras lisuras más de las que han dicho. ¿Hay más lisuras en el diccionario? Las he oído todas. Y también he visto las cochinadas que están haciendo. Qué asco me dan.

El teniente Silva se inclinó para recoger los prismáticos, que se le habían caído de las manos al oír a la chica. Lituma, todavía sentado en el suelo, con la vaga idea de haber aplastado al caer la cáscara vacía de un cangrejo, vio que su jefe no se recuperaba aún de la sorpresa. Se sacudía la arena del pantalón, ganando tiempo. Lo vio hacer una venia, lo oyó decir:

—Es peligroso sorprender así a la autoridad en su trabajo, señorita. ¿Y si de media vuelta le pegaba un tiro?

—¿En su trabajo? —lo desafió ella, con una carcajada sarcástica—. ¿Espiar a las mujeres que se bañan es su trabajo?

Sólo entonces se dio cuenta Lituma que era la hija del coronel Mindreau. Sí, Alicita Mindreau. El corazón le golpeó el pecho. De allá abajo venía la voz enfurecida de doña Adriana. Los había descubierto, pues, con el alboroto. Como en sueños la vio salir gateando del mar y correr inclinada, tapándose, en busca de su vestido, mientras agitaba el puño hacia ellos, amenazándolos.

—Son ustedes unos abusivos, además de cochinos —repitió la muchacha—. Vaya policías. Son todavía peor de lo que dice la gente que son los policías.

—Este peñón es un observatorio natural, para descubrir a las lanchas que traen contrabando desde el Ecuador —dijo el teniente, con una convicción tal que Lituma se volvió a mirarlo, boquiabierto—. Por si no lo sabía, señorita. Además, los insultos de una dama son flores para un caballero. Dese gusto, nomás, si le provoca.

Por el rabillo del ojo Lituma advirtió que doña Adriana, vestida de cualquier manera, se alejaba por la playa en dirección a Punta Arena. Cadereaba, con pasos enérgicos, y, de espaldas, todavía les hacía ademanes enfurecidos. Seguro estaría mentándoles la madre, también. La chiquilla se había quedado callada, mirándolos, como si súbitamente se hubieran eclipsado su furia y su disgusto. Estaba enterrada de pies a cabeza. Imposible saber de qué color eran la blusita sin mangas y el pantalón vaquero que llevaba, pues ambas prendas, igual que sus mocasines y la cinta que sujetaba sus cabellos cortos, tenían el mismo tono ocre grisáceo de los arenales circundantes. A Lituma le pareció todavía más flaquita que el día que la vio irrumpir en el despacho del coronel Mindreau. Casi sin busto y con las caderas estrechas, era lo que su jefe llamaba, despectivamente, una mujer-tabla. Esa naricita pretenciosa, que parecía poner notas a los olores de la gente, le pareció aún más soberbia que aquella vez. Los olía como si ellos no hubiesen pasado el examen. ¿Tendría dieciséis? ¿Dieciocho?

—Qué hace una señorita como usted entre tanto cangrejo —dijo amablemente el teniente Silva, dando el incidente por concluido.

Guardó los prismáticos en su funda y se puso a limpiar sus anteojos oscuros con su pañuelo.

—Esto está un poco lejos de la Base Aérea para venir a pasearse. ¿Y si la muerde uno de estos bichos? ¿Qué le pasó? ¿Se le pinchó una llanta?

Lituma descubrió la bicicleta de Alicia Mindreau, también empastada de polvo, veinte metros allá abajo, al pie del peñón. El guardia observaba a la muchacha y trataba de ver, a su lado, a Palomino Molero. Estaban cogidos de la mano, se decían cositas tiernas mirándose embebidos a los ojos. Ella, pestañeando como una mariposa, le susurraba en el oído: «Cántame, anda, cántame algo bonito». No, no podía, era imposible imaginárselos así.

—Mi papá sabe que han estado sonsacándole cosas a Ricardo —dijo bruscamente, con tono cortante. Tenía la carita alzada y sus ojos medían el efecto en ellos de sus palabras—. Aprovechándose de que estaba tomado, la otra noche.

El teniente no se inmutó. Se calzó los anteojos oscuros con parsimonia y empezó a bajar el cerro, hacia la trocha, dejándose deslizar como por un tobogán. Abajo, se sacudió la ropa a manazos.

—¿El teniente Dufó se llama Ricardo? —preguntó—. Le dirán Richard, entonces.

—Sabe también que han ido a Amotape, a hacer averiguaciones donde la señora Lupe —añadió la muchacha, con una especie de burla. Era más bien bajita, menuda, con una formas apenas insinuadas. No se podía decir que fuera una belleza. ¿Se había enamorado de ella Palomino Molero sólo porque era quien era?—. Sabe todo lo que han estado haciendo.

¿Por qué hablaba así? ¿Por qué decía las cosas de esa manera tan rara? Porque Alicia Mindreau no parecía amenazarlos, sino, más bien, burlarse de ellos o divertirse en sus adentros, como si estuviera haciendo una trave-

sura. También Lituma bajaba el cerro ahora, a brinqui-
tos, detrás de la muchacha. Entre sus botines corrían los
cangrejos, en enrevesados zigzags. En todo el rededor no
había nadie. Los hombres de los depósitos debían haber
salido también hacía rato, pues las puertas estaban ce-
rradas y no venían ruidos de adentro. Allá abajo, en la
bahía, un remolcador surcaba el mar, entre los muelles,
despidiendo un rizo de humo gris y hacía sonar su sirena
cada cierto trecho. Hormigueaban grupos humanos en
la playa.

Habían llegado a la trocha que, desde el peñón, con-
ducía hasta la reja divisoria entre las instalaciones de la
International y el pueblo de Talara. El teniente cogió la bicicleta y la fue arrastrando con una sola mano. Caminaban despacio, los tres en una misma fila. Bajo sus pies
crujían los cascajos o algún cangrejo aplastado.

—Los seguí desde la comisaría y ustedes ni se dieron
cuenta —dijo, de la misma manera imprevisible, entre fu-
riosa y burlona—. En la reja, no me querían dejar pasar,
pero los amenacé con mi papá y me dejaron. Ustedes ni
me sintieron. Los estuve oyendo decir todas esas lisuras y
ustedes en la luna. Si no les hubiera hablado, todavía podría estar espiándolos.

El teniente asintió, riéndose bajito. Movía la cabeza
de un lado a otro, festejándola.

—Cuando los hombres están entre hombres, dicen
lisuras —se disculpó—. Vinimos a hacer una inspección, a
ver si caía algún contrabandista. No es nuestra culpa que
a algunas talareñas les dé por venir a bañarse aquí a esta
misma hora. Ésas son las coincidencias de la vida. ¿No,
Lituma?

—Sí, mi teniente —asintió el guardia.

—En todo caso, estamos a sus órdenes para lo que se le ofrezca, señorita Mindreau —añadió el oficial, azucarando la voz—. Usted dirá. ¿O prefiere que hablemos en el Puesto? A la sombrita y tomándose una gaseosa, se conversa mejor. Eso sí, le advierto que nuestra comisaría no es tan confortable como la Base Aérea de su papá.

La muchacha no dijo nada. A Lituma le parecía sentir el paso de la sangre por sus venas, lento, espeso, rojo oscuro, y oía latir su pulso y sus sienes. Cruzaron la reja y el guardia civil de turno —Lucio Tinoco, de Huancabamba— saludó militarmente al teniente. Había también tres centinelas, del servicio de seguridad de la International. Se quedaron observando a la muchacha, sorprendidos de verla con ellos. ¿Ya se había corrido la voz, en el pueblo, de lo de Amotape? No por culpa de Lituma, en todo caso. Él había cumplido escrupulosamente la orden de su jefe de no decir una palabra a nadie sobre lo que les contó doña Lupe. Pasaron frente al hospital de la compañía, con sus maderas relucientes de pintura verde. En la Capitanía de Puerto, dos marineros hacían guardia, con fusiles al hombro. Uno de ellos le guiñó el ojo a Lituma, como diciendo: «Qué juntas son ésas». Una bandada de gaviotas pasó muy cerca, aleteando y chillando. Era el comienzo del atardecer. Por entre las escaleras y barandas del Hotel Royal, el único del pueblo, Lituma vio que el sol comenzaba a ahogarse en el mar. Una tibieza grata, hospitalaria, reemplazaba a las brasas del día.

—¿Sabe el coronel Mindreau que ha venido a visitarnos? —insinuó delicadamente el teniente Silva.

—No se haga el idiota —alzó la voz la muchacha—. Claro que no sabe.

«Ahorita lo sabrá», pensó Lituma. Toda la gente mostraba extrañeza al verlos pasar. Los seguían con la mirada y murmuraban.

—¿Vino sólo a decirnos que el coronel se enteró que estuvimos platicando con el teniente Dufó y con la señora Lupe, de Amotape? —insistió el teniente Silva. Hablaba mirando al frente, sin volverse hacia Alicia Mindreau, y Lituma, que se había retrasado un poco, veía que ella tenía también la cabeza derecha, evitando dar la cara al oficial.

—Sí —la oyó responder. Pensó: «Mentira». ¿Qué había venido a decirles? ¿La mandó el coronel? En todo caso, parecía que le costaba trabajo; o, tal vez, se había desanimado. Había fruncido la cara, tenía la boca entreabierta y las aletas de su naricilla arrogante palpitaban con ansiedad. Su piel era muy blanca y sus pestañas larguísimas. ¿Era ese aire delicado, frágil, de niña mimada, lo que había enloquecido al flaquito? Fuera lo que fuera aquello que había venido a decirles, se había arrepentido y no se lo diría.

—Muy amable de su parte el venir a conversar con nosotros —murmuró el teniente, hecho un almíbar—. Se lo agradezco, de veras.

Caminaron unos cincuenta metros más, en silencio, oyendo el graznido de las gaviotas y la resaca del mar. En una de las casas de madera, unas mujeres abrían los pescados y les sacaban diestramente las vísceras. Alrededor de ellas, los colmillos afuera, brincaban unos perros, esperando los residuos. Olía fuerte y mal.

—¿Cómo era Palomino Molero, señorita? —se oyó decir, de pronto. Se le erizó la espalda de sorpresa. Había hablado sin proponérselo, de sopetón. Ni el teniente ni la muchacha se volvieron a mirarlo. Ahora, Lituma caminaba medio metro detrás de ellos, tropezando.

—Un pan de Dios —la oyó decir. Y, luego de una pausa—: Un angelito caído del cielo.

No lo decía con voz temblorosa, teñida de amargura y nostalgia. Tampoco con cariño. Sino con ese mismo tono insólito, entre inocente y burlón, en el que a ratos brotaba una chispa de cólera.

—Eso mismo dicen todos los que lo conocieron —murmuró Lituma, cuando el silencio empezó a hacerse muy largo—. Que era buenísima gente.

—Usted debió sufrir mucho con la desgracia de ese muchacho, señorita Alicia —dijo el oficial, luego de un momento—. ¿No?

Alicia Mindreau no respondió nada. Atravesaban un grupo de viviendas a medio construir, algunas sin techo, otras con las tablas de la pared a medio colocar. Todas tenían terrazas, levantadas sobre pilotes, entre los cuales se metían lenguas de mar. Comenzaba la marea alta, pues. Había viejos en camiseta sentados en las escaleras, niños desnudos recogiendo conchas, y corros de mujeres. Se oían risotadas y el olor a pescado era fuertísimo.

—Mis amigos me han dicho que yo lo oí cantar una vez, en Piura, hace ya tiempo —se oyó decir Lituma—. Pero, por más que trato, no me acuerdo. Dicen que cantaba lindísimo los boleros.

—Y la música criolla igual —lo corrigió la muchacha, moviendo la cabeza con energía—. También tocaba regio la guitarra.

—De veras, la guitarra —se oyó decir Lituma—. Era la obsesión de su madre. Doña Asunta, una señora de Castilla. Recuperar la guitarra de su hijo. Quién se la robaría.

—Yo la tengo —dijo Alicia Mindreau. Se le cortó la voz de golpe, como si no hubiera querido decir lo que había dicho.

Estuvieron callados de nuevo durante un buen rato. Avanzaban hacia el corazón de Talara, y, a medida que se internaban en el nudo de viviendas, había más gente en la calle. Detrás de las rejas, en la cumbre del peñón del faro y en Punta Arena, donde estaban las casas de los gringos y de los altos empleados de la International, ya se habían prendido los postes de luz, pese a ser aún de día. También allá arriba de los acantilados, en el Tablazo, en la Base Aérea. En un extremo de la bahía, la torre de un pozo de petróleo tenía un penacho de fuego, rojizo y dorado. Parecía un cangrejo gigante, remojándose las patas.

—La pobre señora decía: «Cuando encuentren la guitarra, encontrarán a los que lo mataron» —se oyó decir Lituma, siempre a media voz—. No es que doña Asunta supiera nada. Pura intuición de madre y de mujer.

Sintió que el teniente se volvía a mirarlo y se calló.

—¿Cómo es ella? —dijo la muchacha. Ahora sí se volvió y, por un segundo, el guardia vio su cara: enterrada, pálida, irascible, curiosa.

—¿Se refiere a doña Asunta, la madre de Palomino Molero? —preguntó.

—¿Es una chola? —precisó la muchacha, con ademán impaciente.

A Lituma le pareció que su jefe soltaba una risita.

—Bueno, es una mujer de pueblo. Lo mismo que toda esa gente que estamos viendo, lo mismo que yo —se oyó decir y se sorprendió de la irritación con la que hablaba—. Claro que no es de la misma clase que usted o que el coronel Mindreau. ¿Eso es lo que quería saber?

—Él no parecía un cholo —dijo Alicia Mindreau, suavizando el tono y como si hablara sola—. Tenía el pelo finito y hasta algo rubio. Y era el muchacho más educado que he visto nunca. Ni Ricardo, ni siquiera mi papá, son tan educados como era él. Nadie hubiera creído que estuvo en un colegio fiscal, ni que era del barrio de Castilla. Lo único que tenía de cholo era el nombre ese, Palomino. Y su segundo nombre era todavía peor: Temístocles.

A Lituma le pareció que su jefe volvía a soltar una risita. Pero él no tenía ganas de reírse con las cosas que decía la muchacha. Estaba desconcertado e intrigado. ¿Tenía ella pena, furia, por la muerte del flaquito? No había manera de adivinarlo. La hija del coronel hablaba como si Palomino Molero no hubiera muerto en la forma atroz que ellos sabían, como si aún estuviera vivo. ¿Sería medio chifladita?

—¿Dónde conoció a Palomino Molero? —preguntó el teniente Silva.

Habían llegado a la espalda de la iglesia. Ese muro blanco servía de pantalla al cinema ambulante del señor Teotonio Calle Frías. Era un cine sin techo ni sillas, al natural. Los clientes que querían ver la película sentados tenían que llevar sus propios asientos. Pero la mayoría de

112

los talareños se acuclillaban o tumbaban por tierra. Para pasar el cordel que limitaba el espacio imaginario del local, había que pagar cinco reales. El teniente y Lituma tenían entrada libre. Los que no querían pagar el medio sol, podían ver la película gratis, desde fuera del cordel. Se veía, pero bastante mal, y daba tortícolis. Ya había mucha gente instalada, esperando que oscureciera. Don Teotonio Calle Frías estaba armando su proyector. Sólo tenía uno; funcionaba gracias a una toma ideada por él mismo, que distraía electricidad del poste de la esquina. Después de cada rollo, había una interrupción, para que cargara el siguiente. Las películas se veían entrecortadas y resultaban larguísimas. Aun así, siempre tenía lleno, sobre todo en los meses de verano. «Desde lo del flaquito, casi no he venido al cine», pensó Lituma. ¿Qué daban esta noche? Una mexicana, cuándo no: *Río escondido,* con Dolores del Río y Columba Domínguez.

—En el cumpleaños de Lala Mercado, allá en Piura —dijo de pronto la muchacha. Se demoraba tanto en responder, que a Lituma se le olvidaba a qué pregunta respondía—. Lo habían contratado para cantar en la fiesta. Todas las chicas decían, «qué bonito canta, qué linda voz». Y, también, «qué buen mozo es, no parece cholo». Cierto, no lo parecía.

«Estos blancos», se indignó Lituma.

—¿Le dedicó alguna canción? —preguntó el teniente. Sus modales eran increíblemente respetuosos. A cada rato le descubría una nueva táctica a su jefe. Esta última era la de las buenas maneras.

—Tres —asintió la muchacha—. *La última noche que pasé contigo, Rayito de luna* y *Muñequita linda.*

113

«No es una chica normal, es chifladita», decidió el guardia. La bicicleta de Alicia Mindreau, que el teniente Silva arrastraba con la mano izquierda, se había puesto a chirriar, con un chirrido hiriente, que aparecía y cesaba a intervalos idénticos. A Lituma el recurrente ruidito le crispó los nervios.

—Y bailamos —añadió la muchacha—. Una pieza. Bailó con todas, una vez. Sólo con Lala Mercado, dos veces. Pero porque era la dueña de casa y la del cumpleaños, no porque le gustara más. A nadie le pareció mal que bailara con nosotras, todas querían que las sacara. Se portaba como gente decente. Y bailaba muy bien.

«Gente decente», pensó Lituma, apartándose para no pisar una estrella de mar reseca, cubierta de hormigas. ¿Al teniente Silva lo consideraría Alicita Mindreau gente decente? A él no, por supuesto. «Cholo por mis cuatro costados», pensó. «Del barrio de la Mangachería, a mucha honra.» Tenía los ojos medio entornados y no estaba viendo la tarde talareña que ahora cedía el paso a la noche bastante deprisa, sino el bullicio y la elegancia de la sala y el jardín, repletos de parejas jóvenes, bien vestidas, en ese barrio de blancos vecino al arenal donde estaba el bar de la Chunga —Buenos Aires—, en esa casa de la tal Lala Mercado. La parejita que bailaba en aquella esquina, mirándose fijo, hablándose con los ojos, eran Alicia Mindreau y el flaquito. No, imposible. Y, sin embargo, ella lo estaba contando:

—Cuando me sacó a bailar me dijo que apenas me vio se había enamorado de mí —la oyó decir. Ni siquiera ahora había melancolía o tristeza en su voz. Hablaba rápido y sin corazón, como si transmitiera un recado—. Me dijo que siempre había creído en el amor a primera vista y que ahora sabía que existía. Porque se había enamorado de mí ahí mismito me vio. Que yo podía reírme de él si quería, pero que era verdad. Que ya nunca querría a otra mujer en el mundo más que a mí. Me dijo que aun cuando yo no le hiciera caso y lo escupiera y lo tratara como a un perro, él me seguiría queriendo hasta su muerte.

«Y así fue, pues», pensó Lituma. ¿Estaba llorando la muchacha? Nada de eso. El guardia no podía verle la cara —seguía andando un paso atrás del teniente y de ella— pero su voz no era llorosa sino seca, firme, de una severidad total. Al mismo tiempo, parecía que hablara de alguien que no era ella, como si todo eso que contaba no la concerniera íntimamente, como si no hubiera sangre y muerte en esa historia.

—Me dijo que iría a darme serenatas. Que, cantándome todas las noches, haría que yo me enamorara de él —siguió, luego de una corta pausa. El chirrido de la bicicleta producía una angustia inexplicable a Lituma; lo esperaba y, al oírlo, le corría un escalofrío por el cuerpo. Oyó a su jefe. El teniente piaba como una avecilla.

—¿Ocurrió así? ¿Pasó así? ¿Cumplió su palabra? ¿Fue a darle serenatas a su casa, en la Base Aérea de Piura? ¿Terminó usted enamorándose de él?

—No sé —contestó la muchacha.

«¿No sabe? ¿Cómo puede no saber eso?», pensó el guardia. Buscó en su memoria la vez que había estado más enamorado. ¿Fue de Meche, la querida de Josefino, esa trigueñita de cuerpo escultural a la que nunca se atrevió a declararse? Sí, ésa había sido. ¿Cómo no saber si uno está enamorado o no? Qué tontería. O sea que era chifladita. Medio locumbeta, medio tarada. ¿O se hacía adrede la idiota para confundirlos? ¿La habría instruido el coronel para que actuara así? Ninguna hipótesis lo convencía.

—Pero Palomino Molero fue a darle serenatas a la Base Aérea de Piura, ¿no es cierto? —oyó musitar dulcemente al teniente—. ¿Muchas veces?

—Todos los días —dijo la muchacha—. Desde la fiesta de Lala Mercado. No falló ni un día, hasta que a mi papá lo trasladaron aquí.

Unos churres con hondas estaban acribillando a hondazos al gato del Chino Tang, el bodeguero. El gato maullaba, aterrado, corriendo de un extremo a otro del techo de la bodega. El Chino Tang se apareció en una esquina, armado de una escoba, y los churres volaron, riéndose.

—¿Y qué decía de esas serenatas su papá? —pió el teniente Silva—. ¿Nunca lo pescó?

—Mi papá sabía que iba a darme serenatas ¿acaso es sordo? —repuso la muchacha. A Lituma le pareció que, por primera vez, Alicia Mindreau vacilaba. Como si hubiera estado a punto de decir algo más y se arrepintiera.

—¿Y qué decía? —repitió su jefe.

—Que yo, sin duda, era para él la reina de Inglaterra —afirmó la muchacha con la seriedad mortal que hablaba siempre—. Cuando yo se lo conté, Palito me dijo: «Tu papá se equivoca. Tú eres para mí mucho más que la reina de Inglaterra. La Virgen María, más bien».

A Lituma le pareció escuchar por tercera vez la risita contenida, burlona, del teniente Silva. ¿Palito? ¿Así lo había rebautizado a Palomino? O sea que ese apodo ridículo, Palito, era nombre decente, y Palomino o Temístocles nombres cholos. «Puta, qué blancos tan enredados», pensó.

Habían llegado al Puesto de la Guardia Civil. El guardia de turno, Ramiro Matelo, un chiclayano, se había marchado sin dejar ningún aviso y la puerta estaba cerrada. Para abrirla, el teniente apoyó la bicicleta contra el tabique.

—Pase usted y descanse un rato —rogó el oficial, haciendo media reverencia—. Podemos convidarle una gaseosa o un cafecito. Pase, señorita.

Era ya de noche. Adentro del local, mientras encendían las lámparas de parafina, estuvieron un momento en sombras, chocando contra las cosas. La chica esperaba, quieta, junto a la puerta. No, no tenía los ojos brillantes ni húmedos. No, no había llorado. Lituma veía su sombra esbelta dibujada contra la pizarra donde se clavaban los partes y comisiones del día y pensaba en el flaquito. Tenía el corazón encogido y un desasosiego enorme. «Esto que está pasando no me lo puedo creer», pensó. ¿Les había dicho todo esto sobre Palomino Molero aquella figurita inmóvil? La estaba viendo y, sin embargo, era como si la chica no estuviera allí ni hubiera dicho nada, como si todo fuera algo que él mismo inventaba.

—¿No la cansó la caminata? —el teniente estaba encendiendo el primus, en el que había siempre una tetera llena de agua—. Pásale una silla a la señorita, Lituma.

Alicia Mindreau se sentó a orillas del asiento que le alcanzó el guardia. Daba la espalda a la puerta de calle y a la lámpara de la entrada; su cara permanecía a media sombra y un nimbo amarillo circundaba su silueta. Así, parecía más churre de lo que era. ¿Estaría aún en el colegio? En alguna casa de la vecindad freían algo. Una voz borrachosa canturreaba, lejos, algo sobre Paita.

—Qué esperas para servir una gaseosa a la señorita, Lituma —lo riñó el teniente.

El guardia se apresuró a sacar una Pasteurina del balde lleno de agua donde tenían las botellas para que se conservaran frescas. La abrió y se la alargó, disculpándose:

—No tenemos vasos ni cañitas. Tendrá que tomársela a pico de botella, nomás.

Ella recibió la Pasteurina y se la llevó a la boca como una autómata. ¿Era chifladita? ¿Estaría sufriendo en sus adentros y no podía manifestarlo? ¿Se la notaba tan rara porque, tratando de disimular, se volvía antinatural? A Lituma le pareció que la muchacha se había quedado hipnotizada. Era como si no se diera cuenta de que estaba allí con ellos ni se acordara de lo que les había contado. Lituma se sentía abochornado, incómodo, viéndola tan seria, concentrada e inmóvil. Tuvo susto. ¿Y si el coronel se presentaba de repente en el Puesto, con una patrulla, a tomarles cuentas por esta conversación con su hija?

—Tenga, tómese también este cafecito —dijo el teniente. Le alcanzó la taza de latón en la que había echado una cucharada de café en polvo—. ¿Cuánta azúcar le pone? ¿Una, dos?

—¿Qué le pasará a mi papá? —preguntó con brusquedad la muchacha. No había sobresalto en su voz sino como un relente de ira—. ¿Lo meterán en la cárcel? ¿Lo fusilarán por eso?

No había cogido la taza de latón y Lituma vio que su jefe se la llevaba a la boca y tomaba un largo trago. El teniente se sentó, de costado, en una esquina de su escritorio. Afuera, el borracho, ahora, en lugar de cantar, desvariaba sobre el mismo tema: las rayas del mar de Paita. Decía que lo habían picado y que tenía una llaga en el pie. Buscaba una mujer compasiva que le chupara el veneno.

—A su papá no le va a pasar nada —afirmó, negando con la cabeza, el teniente Silva—. ¿Por qué le pasaría algo a él? Lo más seguro es que no le hagan nada. Ni piense en eso, señorita Alicia. ¿De veras no quiere una tacita de café? Me he tomado ésta, pero le preparo otra en un segundo.

«Se las sabe todas», pensó Lituma. «Es capaz de hacer hablar a un mudo.» Había ido retrocediendo discretamente hasta apoyarse en la pared. Veía, sesgado, el fino perfil de la muchacha, su naricilla solemne, calificadora, y entendió, de repente, a Palomino: no sería una belleza pero había algo fascinante, misterioso, algo que podía enloquecer a un hombre en esa carita fría. Sentía cosas contradictorias. Quería que el teniente se saliera con la suya e hiciera decir a Alicia Mindreau todo lo que supiera; a la vez, no entendía por qué, le daba pena que esa chiquilla fuera a revelarles sus secretos. Era como si Alicia Mindreau estuviera cayendo en una trampa. Tenía ganas de salvarla. ¿Sería, de veras, chifladita?

—Al que tal vez le hagan pasar un mal rato es al celosito —insinuó el teniente, como si estuviera muerto de pena—. A Ricardo Dufó, quiero decir. A Richard. ¿Le dirán Richard, no? Claro que los celos son un factor que, cualquier juez que conozca el corazón humano, consideraría un atenuante. En lo que a mí respecta, yo creo que los celos son siempre circunstancias atenuantes. Si un hombre quiere mucho a una hembrita, es celoso. Yo lo sé, señorita, porque sé lo que es el amor, y yo también soy muy celoso. Los celos perturban el juicio, no dejan razonar. Igualito que los tragos. Si su enamorado puede probar que le hizo lo que le hizo a Palomino Molero porque estaba obnubilado por los celos —ésa es la palabrita importante, clave, ob-nu-bi-la-do, recuérdela— puede que lo consideren irresponsable en el momento del crimen. Con un poco de suerte y una buena defensa, puede. O sea que tampoco por el celosito debe usted preocuparse mucho, señorita Mindreau.

Se llevó la taza de latón a la boca y sorbió ruidosamente el café. En la frente le había quedado el surco del quepis y Lituma no le podía ver los ojos, ocultos tras los cristales oscuros: sólo el bigotito, la boca y el mentón. Una vez le había preguntado: «¿Por qué no se quita los anteojos en la oscuridad, mi teniente?». Y él le respondió, burlándose: «Para despistar, pues».

—Yo no me preocupo —murmuró la muchacha—. Yo lo odio. Yo quisiera que le pasaran las peores cosas. Se lo digo en su cara todo el tiempo. Una vez, se fue y volvió con su revólver. Me dijo: «Se aprieta así, aquí. Tenlo. Si de veras me odias tanto, merezco que me mates. Hazlo, mátame».

Hubo un largo silencio, entrecortado por el chisporroteo de la sartén de la casa vecina y el monólogo confuso del borracho, que se alejaba ahora: nadie lo quería, entonces iría a ver a una bruja de Ayabaca, ella le curaría el pie herido, ay, ay, ay.

—Pero yo estoy seguro que usted es una persona de buen corazón, que usted no mataría nunca a nadie —afirmó el teniente Silva.

—No se haga el estúpido más de lo que es —lo fulminó Alicia Mindreau. Su mentón vibraba y tenía las aletas de la nariz muy abiertas—. No se haga el imbécil tratándome como si fuera otra imbécil igual que usted. Por favor. Yo ya soy una persona grande.

—Perdóneme —tosió el teniente Silva—. Es que no sabía qué decir. Lo que le he oído me muñequeó. Se lo digo con sinceridad.

—O sea que no sabe si estuvo enamorada de Palomino Molero —se oyó murmurar Lituma entre dientes—. ¿No lo llegó a querer, pues, ni un poquito?

—Lo llegué a querer más que un poquito —replicó la muchacha con presteza, sin volverse a mirar en la dirección del guardia. Tenía la cabeza fija y su furia parecía haberse evaporado tan rápido como nació. Miraba el vacío—: A Palito lo llegué a querer mucho. Si hubiéramos encontrado al padre, en Amotape, me hubiera casado con él. Pero eso de enamorarse es asqueroso y lo nuestro no lo era. Era una cosa buena, bonita, más bien. ¿También usted se hace el idiota?

—Vaya preguntas que haces, Lituma —oyó murmurar a su jefe. Pero comprendió que no lo estaba reprendiendo; que, en realidad, no le hablaba a él. El comentario era parte de su táctica para seguir jalando la lengua de la muchacha—. ¿Tú crees que si la señorita no lo hubiera querido, se hubiera escapado con él? ¿O te crees que se la llevó a la fuerza?

Alicia Mindreau no dijo nada. En torno a las lámparas de parafina revoloteaban cada vez más insectos, zumbando. Ahora se oía, muy próxima, la resaca. Seguía subiendo la marea. Los pescadores estarían preparando las redes; don Matías Querecotillo y sus dos ayudantes harían rodar El León de Talara hacia el mar, o remarían ya, más allá de los muelles. Deseó estar allá con ellos, y no oyendo estas cosas. Y, sin embargo, se oyó susurrar:

—¿Y su enamorado, entonces, señorita? —mientras hablaba, le parecía hacer equilibrio en una cuerda floja.

—Su enamorado oficial, querrás decir —lo corrigió el teniente. Dulcificó la voz al dirigirse a ella—: Porque, ya que usted lo llegó a querer a Palomino Molero, me imagino que el teniente Dufó sería sólo eso. Un enamorado oficial, para cubrir las apariencias delante de su papá. ¿Nada más que eso, un biombo, no?

—Sí —asintió la muchacha, moviendo la cabeza.

—Para que su papá no se diera cuenta de sus amores con Palomino Molero —prosiguió escarbando el teniente—. Ya que, por supuesto, al coronel no le haría ninguna gracia que su hija tuviera amores con un avionero.

A Lituma, el zumbido de los insectos que chocaban contra las lámparas lo crispaba igual que, antes, el chirrido de la bicicleta.

—¿Él se enroló sólo para estar cerca de usted? —se oyó decir. Se dio cuenta que esta vez no había disimulado: su voz estaba impregnada de la inmensa pena que le inspiraba el flaquito. ¿Qué había visto en esta muchacha medio loca? ¿Sólo que era de familia encumbrada, que era blanquita? ¿O lo hechizó su humor cambiante, esos increíbles raptos que la hacían pasar en segundos de la furia a la indiferencia?

—El pobre celosito no entendería nada —reflexionó en voz alta el teniente. Estaba prendiendo un cigarro—. Cuando empezó a entender, se lo comieron los celos. Se ob-nu-bi-ló, sí señor. Hizo lo que hizo y, medio loco de susto, de arrepentimiento, fue donde usted. Llorando: «Soy un asesino, Alicita. Torturé y maté al avionero con el que te escapaste». Usted lo increpó, le hizo saber que nunca lo había querido, que lo odiaba. Y, entonces, él trajo su revólver y le dijo: «Mátame». Pero usted no lo hizo. Tras los cuernos vinieron los palos, para Richard Dufó. Encima, el coronel le prohibió que volviera a verla. Porque, claro, un yerno asesino era tan impresentable como un cholito de Castilla y, de remate, avionero. ¡Pobre celosito! Bueno, tengo la historia completa. ¿Me equivoqué en algo, señorita?

—Jajá —se rió ella—. Se equivocó en todo.

—Ya lo sé, me equivoqué a propósito —asintió el teniente, humeando—. Corríjame, pues.

¿Se había reído ella? Sí, con una risita breve, ferozmente burlona. Ahora estaba seria de nuevo, sentada muy tiesa a la orilla del asiento, con las rodillas juntas. Sus bracitos eran tan delgados que Lituma hubiera podido circuirlos con dos dedos de una mano. Así, medio en la sombra, con ese cuerpito espigado, filiforme, se la podía tomar por un muchacho. Y, sin embargo, era una mujercita. Ya había conocido hombre. Trató de verla desnuda, temblando, en brazos de Palomino Molero, tumbada en un camastro de Amotape, o acaso sobre una estera, en la arena. Enroscaba sus bracitos alrededor del cuello de Palomino, abría la boca, las piernas, gemía. No, imposible. No la veía. En la interminable pausa, el zumbido de los insectos se hizo ensordecedor.

—El que me trajo el revólver y dijo que lo matara fue mi papá —añadió la chica de corrido—. ¿Qué le van a hacer?

—Nada —balbuceó precipitado el teniente Silva, como si se hubiera atorado—. Nadie le va a hacer nada a su papá.

Ella tuvo otro arrebato de ira:

—Quiere decir que no hay justicia —exclamó—. Porque a él debieran meterlo a la cárcel, matarlo. Pero nadie se atreve. Claro, quién se va a atrever.

Lituma se había puesto rígido. Sentía a su jefe también tenso, anhelante, como si estuvieran oyendo el ronquido de las entrañas de la tierra que anuncia el temblor.

—Quiero tomar algo caliente, aunque sea ese café —dijo la muchacha, cambiando una vez más de tono. Ahora hablaba sin dramatismo, como chismeando con amigas—. Me ha dado frío o no sé qué.

—Es que hace frío —se atolondró el teniente Silva. Dos veces repitió, asintiendo, con movimientos de cabeza innecesariamente enérgicos—: Hace frío, hace.

Demoró buen rato en ponerse de pie y, cuando lo hizo y se dirigió al primus, Lituma advirtió su torpeza y lentitud. Se movía como borracho. Ahora se había muñequeado, no antes. También él estaba atolondrado con lo que acababa de oír. Forzándose, pensaba siempre en lo mismo. ¿O sea que, después de todo, pese a que decía que el amor era asqueroso, se había enamorado de Palomino Molero? ¿Qué adefesio era ese de considerar que enamorarse era asqueroso y querer no? A él también le había dado frío. Qué bueno hubiera sido tomarse un cafecito caliente, como el que su jefe le estaba preparando a la muchacha. Lituma veía, en el cono de luz verdosa de la lámpara, la lentitud con que las manos del teniente vertían el agua, echaban las cucharaditas de café en polvo, el azúcar. Como si no estuviera seguro de que los dedos le fueran a responder. Vino hacia la muchacha con la taza cogida entre las dos manos, sin hacer ruido, y se la alcanzó. Alicia Mindreau se la llevó a la boca en el acto y bebió un trago, alzando la cabeza. Lituma vio sus ojos, en el frágil, vacilante resplandor. Secos, negros, duros y adultos, en esa delicada cara de niña.

—O sea que... —murmuró el teniente, tan despacio que Lituma apenas podía oírlo. Había vuelto a sentarse en la esquina de su mesa y tenía una pierna apoyada en el suelo y otra balanceándose. Hizo una larga pausa y añadió, con timidez—: O sea que ese al que odia, ese al que le desea las peores cosas, no es el teniente Dufó sino...

No se atrevió a terminar. Lituma vio que la muchacha asentía, sin la menor vacilación.

—Se arrodilla como un perro y me besa los pies —la oyó exclamar, con la voz alterada por uno de esos intempestivos ramalazos de furia—. El amor no tiene fronteras, dice. El mundo no entendería. La sangre llama a la sangre, dice. El amor es el amor, un huayco que arrastra todo. Cuando dice eso, cuando hace esas cosas, cuando llora y me pide perdón, lo odio. Quisiera que le pasaran las peores cosas.

La calló una radio, a todo volumen. La voz del locutor era atropellada, hiriente, con interferencias, y Lituma no entendió palabra de lo que decía. La reemplazó el baile de moda, el bote, que estaba derrotando a la huaracha en las preferencias de los talareños:

Mira esos pollos que están en la esquinaaaa...
Que ni siquiera me quieren miraaaar...

El guardia sintió un acceso de rabia contra el remoto cantante, contra quien había encendido el aparato de radio, contra el bote y hasta contra sí mismo. «Por eso dice que es asqueroso», pensó. «Por eso separa enamorarse de querer.» Hubo una larga pausa, ocupada por la música. Otra vez Alicia Mindreau aparecía tranquila, olvidada de su furia de hacía un instante. Su cabecita seguía levemente el compás del bote y miraba al teniente como esperando algo.

—Ahora acabo de saber una cosa —oyó decir a su jefe, muy despacio.

La muchacha se puso de pie:

—Ya me voy. Se me ha hecho tarde.

—Ahora acabo de saber que fue usted quien nos dejó el anónimo, aquí en la puerta —añadió el teniente—. Aconsejándonos que fuéramos a Amotape a preguntarle a la señora Lupe qué le había pasado a Palomino Molero.

—Me debe estar buscando por todas partes —dijo la muchacha, como si no hubiera oído al teniente. En su vocecita, metamorfoseada de nuevo, Lituma descubrió ese acento travieso y burlón que era lo más simpático, o lo menos antipático, que había en ella; cuando hablaba así parecía en verdad lo que era, una chiquilla, y no, como un momento antes, una mujer adulta y terrible con cara y cuerpo de niña—. Habrá mandado al chofer, a los avioneros, a las casas de la Base, a las casas de los gringos, al club, al cine. Se asusta cada vez que me demoro. Cree que me voy a escapar de nuevo, jajá...

—O sea que había sido usted —añadía todavía el teniente Silva—. Bueno, aunque un poco tarde, muchas gracias, señorita Mindreau. Si no hubiera sido por esa ayudita, todavía andaríamos en babia.

—El único sitio donde no se le ocurriría que estoy es la comisaría —prosiguió la muchacha—. Jajá.

¿Se había reído? Sí, se había. Pero esta vez sin sarcasmo, sin ofensa. Una risita rápida, pícara, de churre palomilla. Era chifladita, por supuesto, qué iba a ser si no. Pero la duda atormentaba a Lituma y a cada segundo se daba respuestas contrarias. Sí, era; no, qué iba a ser, se hacía.

—Claro, claro —susurraba el teniente. Tosió, aclarándose la garganta, arrojó la colilla al suelo y la pisó—. Aquí estamos para proteger a la gente. Y a usted más que nadie, por supuesto, siempre que nos lo pida.

—No necesito que nadie me proteja —replicó, secamente, la muchacha—. A mí me protege mi papá y él basta y sobra.

Estiró con tanta fuerza hacia el teniente la taza de latón en que había tomado café que unas gotitas sobrantes salpicaron la camisa del oficial. Éste se apuró a coger la taza.

—¿Quiere que la acompañemos hasta la Base? —preguntó.

—No, no quiero —dijo ella. Lituma la vio salir rápidamente a la calle. Su silueta se retrató en la difusa claridad exterior, mientras se montaba en la bicicleta. La vio partir, pedaleando, oyó un timbrazo, la vio desaparecer haciendo eses en el fondo de la callecita desigual, sin pavimento.

El oficial y el guardia permanecieron en el mismo sitio, callados. Ahora, la música había cesado y otra vez se oía, como una ametralladora trepidante, la espantosa voz del locutor.

—Si no hubieran prendido esa radio concha de su madre, la chiquilla seguiría hablando —gruñó Lituma—. Sabe Dios qué cosas más nos hubiera dicho.

—Si no nos apuramos, mi gordita nos va a dejar sin comer —lo interrumpió el teniente, incorporándose. Lo vio calarse el quepis—. Vamos de una vez, Lituma, a llenar la panza. Estas cosas a mí me abren el apetito. ¿A ti, no?

Había dicho una cojudez, porque la fonda se quedaba abierta hasta la medianoche y debían ser apenas las ocho. Pero Lituma comprendió que su jefe había dicho eso para decir algo, que había hecho una broma para no estar callado, porque debía sentirse tan raro y revuelto como él. Recogió la botella de Pasteurina que Alicia Mindreau había dejado en el suelo y la echó al costal de botellas vacías que el Borrao Salinas, botellero y ropavejero, venía a comprar cada fin de semana. Salieron, cerrando la puerta del Puesto. El teniente masculló que dónde se había mandado mudar el guardia de servicio, que ahora, en castigo, acuartelaría a Ramiro Matelo sábado y domingo. Había luna llena. La luz azulada del cielo iluminaba clarito la calle. Caminaron en silencio, respondiendo con las manos y movimientos de cabeza a las buenas noches de las familias congregadas en las puertas de las casas. A lo lejos, se oía el parlante del cine, unas voces mexicanas, un llanto de mujer, y, como música de fondo, el ronroneo de la resaca.

—Te habrás quedado medio cojudo con lo que has oído, ¿no, Lituma?

—Sí, medio cojudo me he quedado —asintió el guardia.

—Ya te dije que en este trabajo aprenderías cada cosa, Lituma.

—Pues está siendo verdad la profecía, mi teniente.

En la fonda, había seis personas comiendo, todas conocidas. Cambiaron venias y saludos con ellas, pero el teniente Silva y Lituma se sentaron en una mesa aparte. Doña Adriana trajo una sopa de menestras y pescado y, más que ponérselos delante, les aventó los platos, sin responder a sus buenas noches. Tenía la cara enfurruñada. Cuando el teniente Silva le preguntó si se sentía mal, por qué ese mal humor, ladró:

—¿Se puede saber qué hacía en el peñón de los cangrejos esta tarde, pedazo de vivo?

—Me pasaron la voz que iba a haber un desembarco de contrabandistas —respondió el teniente Silva, sin pestañear.

—Un día va usted a pagar todas esas gracias, se lo advierto.

—Gracias por la advertencia —le sonrió el teniente, frunciendo los labios con obscenidad y mandándole un beso—. Mamacita rrrrica.

VII

—SE ME han endurecido los dedos, qué desastre —rezongó el teniente Silva—. Cuando cadete, podía sacar cualquier tonada con oírla una vez. Y ahora ni *La raspa*, carajo.

En efecto, había estado intentando varias melodías y siempre desafinaba. A veces, las cuerdas de la guitarra chirriaban como gatos bravos peleándose. Lituma oía a medias a su jefe, concentrado en un pensamiento fijo. Qué carajo iba a pasar, después de semejante parte. Estaban en la playita de pescadores, entre los dos muelles, y era más de la medianoche, pues acababa de silbar la sirena de la refinería anunciando el cambio de turno. Muchas barcas habían zarpado ya, hacía rato, y, entre ellas, El León de Talara. Lituma y el teniente Silva se fumaron un cigarrillo con el viejo Matías Querecotillo, mientras los dos ayudantes botaban la embarcación al mar. También el marido de doña Adriana quiso saber si era cierto lo que se decía en todo Talara.

—¿Y qué se dice en todo Talara, don Matías?

—Que ya descubrieron ustedes a los asesinos de Palomino Molero.

El teniente Silva le respondió lo que respondía a todo el que le hacía la pregunta. (Desde la mañana, quién sabía cómo, se había corrido la voz y la gente los paraba en la calle a preguntarles lo mismo.)

—No se puede decir nada todavía. Prontito se sabrá, don Matías. A usted le puedo adelantar que el destape está muy cerca.

—Ojalá sea verdad, teniente. Que por una vez se haga justicia y no resulten ganando los que siempre ganan.

—¿Quiénes, don Matías?

—Quiénes van a ser. Usted lo sabe tan bien como yo. Los peces gordos.

Se marchó, bamboleándose como un bote en aguas movidas, y trepó ágilmente a su barca. No parecía un hombre que tose escupiendo sangre; se lo veía robusto y trejo, para su edad. Tal vez eso de que estaba enfermo era pura aprensión de doña Adriana. ¿Sabía don Matías que el teniente Silva andaba a la caza de su mujer? Nunca lo había demostrado. Lituma había advertido que el pescador trataba siempre a su jefe con amabilidad. Tal vez con los años un hombre dejaba de ser celoso.

—Los peces gordos —reflexionó el oficial, colocando la guitarra sobre sus piernas—. ¿Tú crees que los peces gordos nos dejaron esta guitarra de regalo en la puerta del Puesto?

—No, mi teniente —contestó el guardia—. Fue la hija del coronel Mindreau. Usted la oyó cuando nos dijo que ella tenía la guitarra del flaquito.

—Si tú lo dices... —repuso el teniente—. Pero a mí no me consta. Yo no vi ninguna carta ni tarjeta ni nada que me pruebe que ella fue la que llevó la guitarra al Puesto. Y tampoco tengo pruebas de que ésta sea la guitarra de Palomino Molero.

—¿Me está usted tomando el pelo, mi teniente?

—No, Lituma. Estoy tratando de distraerte un poco, porque te veo demasiado asustado. ¿Por qué estás tan asustado? Un guardia civil debe tener unas bolas de toro, hombre.

—Usted también anda saltón, mi teniente. No me lo niegue.

El oficial se rió sin ganas.

—Claro que ando saltón. Pero yo disimulo, a mí no se me nota. Tú, en cambio, tienes una cara que da pena. Parece que cada vez que eructa una mosca te cagaras en los pantalones.

Quedaron callados un rato, oyendo el débil chasquido del mar. No había olas pero sí tumbos, muy altos. La luna alumbraba la noche de tal modo que se veía, muy claro, el perfil de las casas de los gringos y de los altos empleados de la International, allá en la cumbre del peñón, junto al faro pestañeante, y las faldas del promontorio que cerraba la bahía. Todo el mundo hablaba maravillas de la luna de Paita, pero lo cierto es que la luna, aquí, era la más redonda y luminosa que Lituma había visto nunca. Debían hablar de la luna de Talara, más bien. Se imaginó al flaquito, en una noche como ésta, cantando en esta misma playa, rodeado de avioneros conmovidos:

Luna, lunera
Cascabelera
Ven dile a mi chinita
Por Dios que me quiera...

Lituma y el teniente habían estado en el cine, viendo una película argentina de Luis Sandrini, que hizo reír mucho a la gente, pero no a ellos. Luego, habían tenido una conversación con el padre Domingo, en la puerta de la parroquia. El párroco quería que un guardia civil viniera a espantar a los donjuanes que se metían a la iglesia a fastidiar a las talareñas del coro los días de ensayo. Muchas mamás habían retirado a sus hijas del coro por culpa de esos frescos. El teniente le prometió que lo haría, siempre que hubiera un guardia disponible. Al regresar al Puesto, encontraron la guitarra que ahora tenía el teniente en las rodillas. La habían dejado apoyada en la puerta. Cualquiera hubiera podido llevársela, si ellos, en vez de volver a la comisaría, se hubieran ido primero a la fonda, a comer. Lituma no vaciló un segundo en interpretar lo que significaba esa guitarra ahí:

—Quiere que se la devolvamos a la madre del flaquito. La muchacha se apiadó tal vez por lo que yo conté de doña Asunta, por eso nos la trajo.

—Así será si tú lo dices, Lituma. Pero a mí no me consta.

¿Por qué se empeñaba el teniente en bromear? Lituma sabía muy bien que su jefe no tenía ninguna gana de reírse, que estaba inquieto y receloso como él mismo, desde que envió ese parte. La prueba es que estuvieran en este sitio, a esta hora. Después de comer, el teniente le había propuesto estirar las piernas. Se habían venido sin hablar, cada uno sumido en su preocupación, hasta la playita de los pescadores. Vieron a los hombres de las barcas preparar las redes y aparejos y hacerse a la mar. Habían visto, en la oscuridad de las aguas, encenderse las lamparitas lejanas de los que tiraban las redes. Al quedarse solos, al teniente se le ocurrió rasguear las cuerdas de la guitarra del flaquito. Quizá no había podido sacar una sola melodía de puro asustado. Claro que lo estaba, aunque tratara de ocultarlo diciendo chistes. Acaso por primera vez desde que servía a sus órdenes, el guardia no lo había oído esta noche mencionar una sola vez a la gorda de la fondita. Iba a preguntar a su jefe si le permitiría llevarle la guitarra a doña Asunta la próxima vez que fuera a Piura —«Déjeme darle ese consuelo a la pobre señora, mi teniente»— cuando se dio cuenta que no estaban solos.

—Buenas noches —dijo la sombra.

Había comparecido de repente, como salida del mar o del agua. Lituma dio un respingo, sin atinar a decir nada, sólo a abrir mucho los ojos. No soñaba: era el coronel Mindreau.

—Buenas noches, mi coronel —dijo el teniente Silva, incorporándose del bote en que estaba sentado. La guitarra rodó a la arena y Lituma vio que su jefe hacía con la mano derecha un movimiento que no llegaba a culminar: como de coger el revólver, o, por lo menos, desabotonar la cartuchera que siempre llevaba al cinto, en la cadera derecha.

—Siéntese, nomás —dijo la sombra del coronel—. Lo estaba buscando y tuve el pálpito de que el guitarrista nocturno era usted.

—Estaba viendo si todavía me acordaba de cómo tocar. Pero, la verdad, se me ha olvidado por falta de práctica.

La sombra asintió.

—Es usted mejor policía que guitarrista —murmuró.

—Gracias, mi coronel —repuso el teniente Silva.

«Viene a matarnos», pensó el guardia. El coronel Mindreau dio un paso hacia ellos y su cara invadió un espacio mejor iluminado por la luna. Lituma distinguió su ancha frente, esas dos entradas profundas en las sienes y el bigotito milimétrico. ¿Estaba tan pálido las otras veces que lo había visto en su despacho? Quizás era la luna la que lo empalidecía así. Su expresión no era de amenaza ni de odio, sino, más bien, de indiferencia. El tonito de su voz tenía la misma altanería de aquella entrevista, en la Base. ¿Qué iba a pasar? Lituma sentía un hueco en el estómago. «Esto era lo que estábamos esperando», pensó.

—Sólo un buen policía podía aclarar tan rápido el asesinato de ese desertor —añadió el coronel—. Apenas dos semanas, ¿no, teniente?

—Diecinueve días, para ser exactos, mi coronel.

Lituma no apartaba un instante los ojos de las manos del coronel Mindreau, pero el resplandor de la luna no llegaba hasta ellas. ¿Tenía el revólver listo para disparar? ¿Amenazaría al teniente, conminándolo a desdecirse de lo que escribió en el parte? ¿Le descargaría súbitamente dos, tres balazos? ¿Le dispararía a él también? Tal vez había venido sólo a arrestarlos. Tal vez una patrulla de la Policía Aeronáutica estaría rodeándolos mientras el coronel los entretenía con este diálogo tramposo. Aguzó los oídos, miró alrededor. No se acercaba nadie ni se oía nada, fuera del chapaleo del mar. Frente a él, el viejo muelle subía y bajaba, con los tumbos. En sus fierros musgosos dormían las gaviotas y había en ellos, incrustados, innumerables conchas, estrellas de mar y cangrejos. La primera misión que le encargó su jefe, al llegar a Talara, fue espantar a los churres que se trepaban al muelle por esos fierros, para balancearse en él como en un subibaja.

—Diecinueve días —repitió, como un eco tardío, el coronel.

Hablaba sin ironía, sin furia, con frialdad glacial, como si nada de eso tuviera importancia ni lo afectara a él en lo más mínimo, y, en lo hondo de su voz, había algo —una inflexión, una pausa, una manera de acentuar ciertas sílabas— que a Lituma le recordaba la voz de la muchacha. «Los inconquistables tienen razón», pensó. «Yo no nací para esto, yo no quiero pasar estos sustos.»

—De todos modos, no está mal —prosiguió el coronel—. A veces, estos crímenes no se resuelven en años. O quedan en el misterio para siempre.

El teniente Silva no respondió. Hubo un largo silencio, durante el cual ninguno de los tres hombres se movió. El muelle se mecía muchísimo: ¿habría algún churre allí, columpiándose? Lituma oía la respiración del coronel, la de su jefe, la suya. «Nunca he tenido tanto miedo en la vida», pensó.

—¿Espera usted que lo asciendan, en premio? —oyó decir al coronel Mindreau. Se le ocurrió que debía tener frío, vestido con esa ligera camisa sin mangas del uniforme de diario de los aviadores. Era un hombre bajito, al que Lituma le llevaba por lo menos media cabeza. En su tiempo no habría requisito de altura mínima para ingresar a los institutos armados, pues.

—Estoy apto para el ascenso a capitán sólo a partir de julio del próximo año, no antes, mi coronel —oyó decir a su jefe, despacio. Ahora. Alzaría la mano y reventaría el disparo: la cabeza del teniente se abriría como una papaya. Pero, en ese momento, el coronel levantó la mano derecha, para pasársela por la boca, y el guardia vio que no iba armado. ¿A qué había venido, a qué?—. Respondiendo a su pregunta, no, no creo que me asciendan por haber resuelto el caso. Hablando francamente, creo que esto más bien me traerá muchas neuralgias, mi coronel.

—¿Tan seguro está de haberlo resuelto definitivamente?

La sombra no se movía y a Lituma se le ocurrió que el aviador hablaba sin abrir los labios, con el estómago, como los ventrílocuos.

—Bueno, lo único definitivo es la muerte —murmuró el teniente. No notaba en las palabras de su jefe la menor aprensión. Como si a él tampoco le concerniera personalmente esta charla, como si ella versara sobre otras gentes. «Le sigue la cuerda», pensó. El teniente se aclaró la garganta con una tosecita, antes de proseguir—: Pero, aunque algunos detalles estén todavía oscuros, creo que las tres preguntas claves están resueltas. Quiénes lo mataron. Cómo lo mataron. Por qué lo mataron.

Un perro ladró y sus ladridos, desafortunados y frenéticos, se fueron convirtiendo en un aullido lúgubre. El coronel había retrocedido o la luna avanzado: su cara estaba de nuevo a oscuras. El muelle subía y bajaba. El cono luminoso del faro barría el agua, dorándola.

—He leído su parte a la superioridad —le oyó decir Lituma—. La Guardia Civil informó a mis jefes. Y ellos tuvieron la amabilidad de sacarle una focotopia y enviármelo, para que me enterara de su contenido.

No se había alterado, no hablaba más rápido ni con más emoción que antes. Lituma vio que una brisa súbita agitaba los ralos cabellos de la silueta en sombra; el coronel se los alisó de inmediato. El guardia seguía tenso y asustado, pero, ahora, nuevamente tenía en la cabeza las dos imágenes intrusas: el flaquito y Alicia Mindreau. La muchacha, paralizada por la sorpresa, veía cómo lo subían a empujones a una camioneta azul. El motor arrancaba, ruidoso. En el trayecto hacia el pedregal, los avioneros, para halagar a su jefe, apagaban sus puchos en los brazos, el cuello y la cara de Palomino Molero. Al oírlo aullar, lanzaban risotadas, codeándose. «Que sufra, que sufra», tremaba el teniente Dufó. Y, de repente, besando sus dedos: «Te arrepentirás de haber nacido, te lo juro». Vio que el teniente Silva se incorporaba del canto del bote en el que estaba sentado y, con las manos en los bolsillos, se ponía a contemplar el mar.

—¿Significa eso que van a enterrar el asunto, mi coronel? —preguntó, sin volverse.

—No lo sé —repuso el coronel Mindreau, secamente, como si la pregunta fuera demasiado banal o estúpida y le hiciera perder un tiempo precioso. Pero, casi de inmediato, dudó—: No lo creo, no a estas alturas. Es muy difícil, sería... No lo sé. Depende de muy arriba, no de mí.

«Depende de los peces gordos», pensó Lituma. ¿Por qué hablaba el coronel como si nada de esto le importara? ¿A qué había venido, entonces?

—Necesito saber una cosa, teniente —hizo una pausa, a Lituma le pareció que le echaba una mirada veloz, como si sólo ahora lo descubriera y decidiera que podía seguir hablando delante de ese don nadie—. ¿Vino mi hija a decirle que yo abusé de ella? ¿Le dijo eso?

Lituma vio que su jefe, sin sacar las manos de los bolsillos, se volvía hacia el coronel.

—Nos lo dio a entender... —susurró, atracándose—. No lo dijo explícitamente, no con esas palabras. Pero nos dio a entender que usted... que ella era para usted no una hija sino una mujer, mi coronel.

Se había turbado tremendamente y las palabras se le deshicieron en la boca. Lituma no lo había visto nunca tan confuso. Sintió pena. Por él, por el coronel Mindreau, por el flaquito, por la muchacha. Tenía ganas de echarse a llorar de pena por el mundo entero, carajo. Se dio cuenta que temblaba de pies a cabeza. Sí, Josefino lo había calado bien, era un sentimental de mierda y no cambiaría.

—¿Le dijo también que le besaba los pies? ¿Que, después de abusar de ella, me arrastraba por el suelo, implorándole perdón? —dijo el coronel Mindreau. No estaba haciendo una pregunta sino confirmando algo de lo que parecía seguro.

El teniente Silva balbuceó una frase que Lituma no entendió. Podía haber sido «creo que sí» o «me parece que sí». Tenía ganas de salir corriendo. Ah, que llegara un pescador, que algo interrumpiera esta escena.

—¿Que yo, loco de remordimiento, le alcanzaba el revólver para que me matara? —proseguía, incansable, el coronel. Había bajado la voz. Se lo notaba cansado y como lejanísimo.

Esta vez el teniente no contestó. Hubo una larga pausa. La silueta del aviador estaba rígida y el muelle viejo subía y bajaba, columpiado por los tumbos. El murmullo del mar era más débil, como si empezara a bajar la marea. Un pájaro invisible graznó, cerca.

—¿Se siente mal? —preguntó el teniente.

—En inglés, la palabra es *delusions* —dijo el coronel, con firmeza, como si no se dirigiera a nadie ahora—. En español no hay nada equivalente. Porque *delusions* quiere decir, a la vez, ilusión, fantasía, y engaño o fraude. Una ilusión que es un engaño. Una fantasía dolosa, fraudulenta —suspiró hondo, como si se hubiera quedado sin aire y se pasó la mano por la boca—. Para llevar a Alicita a Nueva York vendí la casa de mis padres. Gasté mis ahorros de toda la vida. Hasta empeñé mi pensión de retiro. En Estados Unidos curan todas las enfermedades del mundo, hacen todos los milagros científicos. ¿No es eso lo que dicen? Bueno, si es así, se justifica cualquier sacrificio. Salvar a esa niña. Salvarme yo también. No la curaron. Pero, al menos, descubrieron lo que tenía. *Delusions*. No se curará nunca porque eso no se cura. Más bien, aumenta. Prolifera como un cáncer con el tiempo, mientras la causa esté allí, provocándolo. Me lo explicaron con la crudeza de los gringos. Su problema es usted. La causa es usted. Ella lo hace responsable de la muerte de esa madre que no conoció. Todo lo que inventa, esas cosas terribles que urde en contra de usted, eso que iba a contar a las madres del Sagrado Corazón, en Lima, eso que contaba a las madres del Lourdes, en Piura, a sus tías, a las amigas. Que usted la maltrata, que usted es avaro, que usted la atormenta, que la amarra a la cama, que la azota. Para vengar a su madre. Pero todavía no ha visto usted nada. Prepárese para algo mucho peor. Porque, más tarde, cuando crezca, lo acusará de haberla querido matar, de violarla, de haberla hecho violar. De las cosas más terribles. Y ni siquiera se dará cuenta que inventa y que miente. Porque ella cree y vive sus mentiras ni más ni menos que si fueran verdad. *Delusions*. Así se llama en inglés. En español no hay palabra que lo explique tan bien.

Hubo un largo silencio. El mar apenas se sentía, susurrando muy bajito. «Tantas palabras que estoy oyendo por primera vez», pensó Lituma.

—Así es, seguramente —oyó decir al teniente, de modo severo y respetuoso—. Pero... las fantasías o locuras de su hija no lo explican todo, si me permite —hizo un largo paréntesis, esperando acaso un comentario del coronel o buscando las palabras apropiadas—. El ensañamiento contra el muchacho, por ejemplo.

Lituma cerró los ojos. Ahí estaba: abrasándose bajo el sol implacable, en el desierto pedregal, supliciado de los cabellos a la plantas de los pies, rodeado de cabras indiferentes y olisqueantes. Ahorcado, quemado con cigarrillos y con un palo ensartado en el culo. Pobre flaquito.

—Ése es otro asunto —dijo el coronel. Pero, rectificó al instante—: No lo explica, es cierto.

—Usted me hizo una pregunta y yo respondí —oyó al teniente Silva—. Permítame hacerle yo también una pregunta. ¿Había necesidad de ensañarse así? Se lo pregunto porque, sencillamente, no lo entiendo.

—Yo tampoco —repuso, en el acto, el coronel—. O, mejor dicho, sí lo entiendo. Ahora. Al principio, no. Se emborrachó y emborrachó a sus hombres. Los tragos y el despecho hicieron que de pobre diablo se volviera también sádico. Despecho, amor herido, honor pisoteado. Esas cosas existen aunque un policía no las conozca, teniente. Parecía sólo un pobre diablo, no un sádico. Un balazo en la cabeza bastaba. Y un entierro discreto. Eran mis órdenes. La estúpida carnicería, no, naturalmente. Ahora tampoco eso tiene la menor importancia. Ocurrió como ocurrió y cada cual debe asumir sus responsabilidades. Yo siempre he asumido las mías.

Volvió a tomar aire, a jadear. Lituma oyó decir a su jefe:

—Usted no estuvo presente, entonces. ¿Sólo el teniente Dufó y un grupo de subordinados?

A Lituma le pareció que el coronel chasqueaba la lengua, como si fuera a escupir. Pero no lo hizo.

—Le di ese premio consuelo, para que con ese balazo aplacara su orgullo herido —dijo, con frialdad—. Me sorprendió. No parecía capaz de tanto. También los avioneros me sorprendieron. Eran sus compañeros, después de todo. Hay un fondo bestial, en todos. Cultos o incultos, todos. Supongo que más en las clases bajas, entre los cholos. Resentimientos, complejos. Los tragos y la adulación al jefe harían el resto. No había necesidad de esa truculencia, por supuesto. No estoy arrepentido de nada, si eso es lo que quiere saber. ¿Se ha visto nunca que un avionero rapte y viole a la hija del jefe de su Base? Pero yo hubiera hecho eso de manera rápida y limpia. Un balazo en la nuca y punto final.

«Él también tiene lo de su hija», pensó el guardia. «Elusiones, delusiones, eso.»

—¿La violó, mi coronel? —Lituma se dijo, una vez más, que el teniente formulaba las preguntas que se le ocurrían a él—. Que se la robó, es un hecho. Aunque sería más justo decir que se escaparon. Los dos estaban enamorados y querían casarse. Todo el pueblo de Amotape podría dar testimonio. ¿Qué violación pudo ser ésa?

A Lituma le pareció oír, de nuevo, el chasquido de la lengua que anuncia el escupitajo. Cuando habló, el coronel era el hombre déspota y cortante de la entrevista en su despacho:

—La hija del jefe de la Base Aérea de Talara no se enamora de un avionero —explicó, fastidiado de tener que aclarar algo evidente—. La hija del coronel Mindreau no se enamora de un guitarrista de Castilla.

«Le viene de él», pensó Lituma. De ese padre que supuestamente odiaba tanto le venía a Alicia Mindreau la manía de cholear y despreciar a los que no eran blancos.

—Yo no me lo inventé —oyó decir a su jefe, suavemente—. Fue ella, la señorita Alicia, la que nos lo hizo saber. Sin que se lo preguntáramos, mi coronel. Que se querían y que, si el párroco hubiera estado en Amotape, se habrían casado. ¿Una violación, eso?

—¿No se lo he explicado, acaso? —alzó la voz el coronel Mindreau, por primera vez en la noche—. *Delusions, delusions.* Fantasías embusteras. No se enamoró ni podía enamorarse de él. ¿No ve que estaba haciendo lo mismo de siempre? Lo mismo que hizo cuando fue a contarles eso a ustedes. Lo mismo que cuando iba donde las madres del Lourdes a mostrarles unas heridas que se había hecho ella misma, en frío, para hacerme daño con ellas. Estaba vengándose, castigándome, haciéndome pagar, en lo que más podía dolerme, la muerte de su madre. Como si... —suspiró, jadeó— esa muerte no hubiera sido ya bastante viacrucis en mi vida. ¿La mentalidad de un policía no da para entenderlo?

«No, conchetumadre», pensó Lituma. «No da.» ¿Por qué enredar de ese modo la vida? ¿Por qué no podía haberse enamorado Alicia Mindreau de ese flaquito que tocaba lindo la guitarra y cantaba con voz tierna y romántica? ¿Por qué era imposible que brotara el amor entre la blanquita y el cholito? ¿Por qué el coronel veía en ese amor una tortuosa conspiración contra él?

—A Palomino Molero también se lo expliqué —oyó decir al coronel, de nuevo con ese tono impersonal, que lo distanciaba de ellos y de lo que iba diciendo—. Como a usted. Más en detalle que a usted. Con más claridad todavía. Sin amenazas, sin órdenes. No de coronel a avionero. De hombre a hombre. Dándole una oportunidad de portarse como un caballero, de ser lo que no era.

Se calló, para pasarse por la boca una mano rápida como un matamoscas. Lituma, entrecerrando los ojos, los vio: el oficial severo y pulcro, con su bigotito recto y sus ojos fríos, y el flaquito, embutido en su uniforme de recluta, seguramente flamante y con los botones brillosos, y el pelo recién cortado casi al rape, en posición de firmes. Aquél, muy seguro, pequeño y dominador, moviéndose por su despacho mientras hablaba, con un fondo de hélices y motores; y el avionero, muy pálido, sin atreverse a mover un dedo, a pestañear, a abrir la boca, a respirar.

—Esa niña no es lo que parece. Esa niña, aunque hable, ría y haga lo que hacen las otras niñas, no es igual a ellas. Es frágil, un cristal, una flor, un pichoncito indefenso —se dio cuenta Lituma que estaba diciendo el coronel—. Yo podría decirle a usted, sencillamente: «Un avionero tiene prohibido poner los ojos en la hija del coronel de la Base; un muchacho de Castilla no puede aspirar ni en sueños a Alicia Mindreau. Sépalo y sepa también que no debe acercarse, ni mirarla, ni soñar siquiera con ella, o pagará ese atrevimiento con su vida». Pero, en vez de prohibírselo, se lo expliqué, de hombre a hombre. Creyendo que un guitarrista de Castilla podía ser, también, alguien racional, tener reflejos de persona decente. Me dijo que lo había entendido, que no sospechaba que Alicita fuera así, que nunca volvería a mirarla ni a hablarle. Y esa misma noche, el cholito hipócrita se la robó y abusó de ella. Creía ponerme entre la espada y la pared, el pobre. Ya está, la violé. Ahora, usted tendrá que resignarse a que nos casemos. No, muchacho, a mí, mi hija, esa niña enferma, puede hacerme todos los chantajes, todas las infamias, y yo no tengo más remedio que cargar con esa cruz que me ha impuesto Dios. Ella sí, a ella yo... Pero no tú, pobre infeliz.

Se calló, respiró hondo, jadeó, y de pronto, en alguna parte maulló un gato. Se oyó una carrera de muchas patas. Luego, de nuevo, el silencio entreverado con la sincrónica resaca. El muelle había dejado de mecerse. Y, una vez más, oyó Lituma que su jefe hacía la pregunta que a él le comía la lengua:

—¿Y por qué, entonces, Ricardo Dufó? ¿Por qué él sí podía ser el enamorado, el novio, de Alicia Mindreau?

—Porque Ricardo Dufó no es un pata pelada de Castilla, sino un oficial. Un hombre de buena familia. Pero, sobre todo, porque es un débil de carácter y un tonto —disparó el coronel, como harto de que el mundo fuera tan ciego de no ver la luz del sol—. Porque con el pobre diablo de Ricardo Dufó yo podía seguirla cuidando y protegiendo. Como juré a su madre que lo haría cuando se estaba muriendo. Y Dios y Mercedes saben que he cumplido, a pesar de lo que me ha costado.

Se le fue la voz y tosió, varias veces, disimulando esa irreprimible debilidad. A lo lejos, varios gatos maullaban y chillaban, frenéticos: ¿estarían peleándose o cachando? Todo era confuso en el mundo, carajo.

—Pero no he venido a nada de eso y no voy a seguir hablando de mi familia con usted —cortó bruscamente el coronel. Cambió de voz una vez más, suavizándola—: Tampoco quiero hacerle perder su tiempo, teniente.

«Yo no existo para él», pensó Lituma. Era mejor: se sentía más seguro, sabiéndose olvidado, abolido, por el coronel. Hubo una pausa interminable en la que el aviador parecía estar afanosamente luchando contra la mudez, tratando de pronunciar algunas palabras rebeldes y huidizas.

—No me lo hace usted perder —dijo el teniente Silva.

—Le agradezco que no mencionara el asunto ese en el parte —articuló, por fin, con dificultad.

—¿Lo de su hija, quiere decir? —oyó que murmuraba el teniente—. ¿Que ella nos insinuó que usted había abusado de ella?

—Le agradezco que no lo mencionara en el parte —repitió el padre de Alicia Mindreau, con voz más segura. Se pasó la mano por la boca y añadió—: No por mí, sino por esa niña. Eso... hubiera sido el festín de los periodistas. Ya veo los titulares, toda la pus y la pestilencia del periodismo lloviendo sobre nosotros —tosió, jadeó e hizo un esfuerzo por parecer sereno antes de murmurar—: Una menor de edad debe ser protegida siempre contra el escándalo. A cualquier precio.

—Tengo que advertirle algo, mi coronel —oyó Lituma decir al teniente—. No mencioné el asunto porque era muy vago, y, también, poco pertinente respecto al asesinato de Palomino Molero. Pero, no se haga ilusiones. Cuando el asunto sea público, si se hace público, todo dependerá de lo que su hija diga. La acosarán, la perseguirán día y noche tratando de sacarle declaraciones. Y, mientras más sucias y escandalosas, más las explotarán. Usted lo sabe. Si es como usted dice, si ella padece alucinaciones, ¿*delusions* dijo que se llamaban?, sería mejor una clínica, o, tal vez, el extranjero. Perdóneme, me estoy entrometiendo en algo que no me incumbe.

Se calló porque la sombra del coronel había hecho un movimiento de impaciencia.

—Como no sabía si lo encontraría, le dejé una nota en el Puesto, por debajo de la puerta —dijo, poniendo punto final a la conversación.

—Bien, mi coronel —dijo el teniente Silva.

—Buenas noches —se despidió el coronel, cortante.

Pero no se marchó. Lituma lo vio volverse y dar unos pasos hacia la orilla de la playa, plantarse allí, cara al mar, y permanecer inmóvil ante la vasta superficie que la luz de la luna plateaba a trechos. El cono dorado del faro se iba y volvía, delatando al pasar frente a ellos, un segundo, la silueta menuda e imperiosa, vestida de caqui, que les daba la espalda, aguardando que se fueran. Miró al teniente y éste lo miró, indeciso. Por fin, le hizo seña de que partieran. Sin decir una palabra, echaron a andar. La arena silenciaba sus pisadas y Lituma sentía que se le hundían los botines. Pasaron junto a la quieta espalda del coronel —otra vez el viento movía sus escasos cabellos— y enrumbaron, por entre los botes varados, hacia las densas manchas que eran las viviendas de Talara. Cuando estuvieron ya en el pueblo, Lituma se volvió a mirar la playita. La silueta del coronel parecía seguir en el mismo sitio, en el límite mismo del mar. Una sombra un poquito más clara que las sombras circundantes. Más allá, titilaban unos puntitos amarillos, desperdigados en el horizonte. ¿Cuál de esas lamparillas de pescadores sería la lancha del marido de doña Adriana? Aunque aquí la noche estaba tibia, don Matías decía que mar adentro hacía siempre frío, que ésa era la razón, no el aburrimiento ni el vicio, por la que los pescadores se llevaban siempre una botellita de pisco o de cañazo para aguantar la noche en altamar.

Talara estaba desierta y apacible. No se veía luz en ninguna de las casitas de madera que dejaban atrás. Lituma tenía tantas cosas que preguntar y comentar, pero no se atrevía a abrir la boca, paralizado por una sensación ambigua, de confusión y de tristeza. ¿Sería cierto lo que les había contado o una invención? Cierto, tal vez. Por eso la muchacha le había parecido chifladita, no se había equivocado. A ratos, miraba de reojo al teniente Silva: llevaba la guitarra al hombro, como si fuera un fusil o una azada, y parecía pensativo, ausente. ¿Cómo podía ver en la penumbra, con esos anteojos oscuros?

Cuando estalló el ruido, Lituma dio un brinco; al mismo tiempo, fue como si lo hubiera estado esperando. Había quebrado el silencio, breve y brutal, con un eco apagado. Ahora todo estaba otra vez quieto y mudo. Se quedó inmóvil, se volvió a mirar a su jefe. Éste, después de haberse detenido un momento, echó de nuevo a andar.

—Pero, mi teniente —trotó Lituma, hasta alcanzarlo—. ¿No ha oído?

El oficial siguió andando, con la vista al frente. Apuró el paso.

—¿Oído qué cosa, Lituma?

—El tiro, mi teniente —trotaba, se atolondraba Lituma, a su lado—. Allá en la playa. ¿No lo ha oído, acaso?

—He oído un ruido que podría ser mil cosas, Lituma —dijo su jefe, con tono de reprimenda—. El pedo de un borracho. El eructo de una ballena. Mil cosas. No tengo ninguna prueba de que ese ruido haya sido un tiro.

A Lituma el corazón le golpeaba en el pecho muy fuerte. Su cuerpo se había puesto a sudar y sentía húmedas la camisa y la cara. Caminaba al lado del teniente, aturdido, tropezándose, sin entender nada.

—¿No vamos a ir a verlo, entonces? —preguntó, sintiendo una especie de vértigo, unos metros después.

—¿A ver qué cosa, Lituma?

—Si el coronel Mindreau se ha matado, mi teniente —balbuceó—. ¿No era eso, pues, el tiro que hemos oído?

—Ya lo sabremos, Lituma —dijo el teniente Silva, compadeciéndose de su ignorancia—. Si lo era o no lo era, se sabrá. Qué apuro tienes. Espérate a que venga alguien, algún pescador, algún vago, quien lo encuentre, a darnos la noticia. Si es cierto que ese señor se ha matado, como se te ha ocurrido. O, más bien, espérate a que lleguemos al Puesto. Puede que ahí se aclare el misterio que te atormenta. ¿No oíste al coronel que nos había dejado una nota?

Lituma no dijo nada y siguió caminando junto a su jefe. De una de las desiertas callecitas transversales salió un estertor mecánico, como si alguien sintonizara una radio. En la terraza del Hotel Royal, el guardián dormía a pierna suelta, envuelto en una frazada y con la cabeza sobre la barandilla.

—¿O sea que usted cree que esa nota es su testamento, mi teniente? —musitó por fin, ya en la recta del Puesto—. ¿Que nos fue a buscar a sabiendas de que, después de hablar con nosotros, se iba a matar?

—Puta que eres lento, hijo mío —suspiró su jefe. Y le dio un palmazo en el brazo, levantándole el ánimo—. Menos mal que, aunque te cuesta, al final como que empiezas a entender las cosas. ¿No, Lituma?

No hablaron más hasta llegar a la casita ruinosa y despintada que era la comisaría. El teniente mandaba oficio tras oficio a la Dirección General de la Guardia Civil, explicando que, si no hacían algo pronto, se les caería el techo encima, y que los calabozos eran una coladera de donde los presos no se escapaban por conmiseración o cortesía, pues las tablas de las paredes estaban apolilladas y roídas por los ratones. Le contestaban que en el próximo presupuesto se incluiría una partida, tal vez. Una nube había ocultado la luna y el teniente tuvo que encender un fósforo para dar con la cerradura. Forcejeó un buen rato, como siempre, antes de que la llave girase. Encendiendo otro fósforo, buscó en el suelo de tablas, primero en el umbral, luego más adentro, hasta que la llamita le chamuscó la punta de los dedos y tuvo que soplarla, maldiciendo. Lituma corrió a prender la lámpara de parafina; lo hizo con tanta torpeza que le pareció que le tomaba un siglo. La llamita brotó al fin: una lengua roja, de corazón azulado, que zigzagueó unos segundos antes de afirmarse. El sobre estaba semihundido en uno de los intersticios de las tablas y Lituma vio a su jefe, acuclillado, cogerlo y levantarlo con mucha delicadeza, como si se tratara de un objeto frágil y precioso. Intuyó todos los movimientos que haría y que, en efecto, hizo el teniente: echarse el quepis atrás, quitarse los anteojos y sentarse en una esquina del escritorio, con las piernas bien abiertas, mientras, siempre muy cuidadosamente, desgarraba el sobre y, con dos dedos, extraía de él un papelito blanco, casi transparente. Lituma divisó unas líneas de letra pareja, que cubrían toda la página. Acercó la lámpara de modo que su jefe pudiera leer sin dificultad. Vio, lleno de ansiedad, que los ojos del teniente se movían, despacio, de izquierda a derecha, de izquierda a derecha, y que su cara poco a poco se contraía en una expresión de disgusto o perplejidad o de ambas cosas.

—¿Y, mi teniente? —preguntó, cuando creyó que el oficial había terminado de leer.

—Carajo —oyó decir a su jefe, a la vez que lo veía bajar la mano: el papelito blanco quedó colgando, a la altura de su rodilla.

—¿Se ha matado? —insistió Lituma. Y, estirando el brazo—: ¿Me la deja ver, mi teniente?

—El puta se las traía —murmuró su jefe, entregándole el papel. Lituma se precipitó a cogerlo, a leerlo, y, mientras leía, creyendo y no creyendo, entendiendo y no entendiendo, oyó que el teniente añadía—: No sólo se mató, Lituma. El puta mató también a la muchacha.

Lituma alzó la cabeza y miró a su jefe, sin saber qué decir ni hacer. Tenía la lámpara en la mano izquierda y esas sombras que se alargaban y movían significaban sin duda que estaba temblando. Una mueca deformó la cara del teniente y Lituma lo vio pestañear y juntar los párpados como si lo cegara una luz hiriente.

—Qué vamos a hacer ahora —balbuceó, sintiéndose culpable de algo—. ¿Ir a la Base, a casa del coronel, a ver si es cierto que mató a la muchacha?

—¿Tú crees que puede no ser cierto, Lituma? —lo amonestó el teniente.

—No sé —repuso el guardia—. Más bien dicho, sí, creo que es cierto que la mató. Por eso estaba tan raro, en la playa. Y también creo que es cierto que él se ha matado, que eso fue el tiro que oímos. Puta madre, puta madre.

—Tienes razón —dijo el teniente Silva, unos segundos después—: Puta madre.

Estuvieron un momento callados, inmóviles, entre esas sombras que bailoteaban en las paredes, en el suelo, sobre los muebles y enseres destartalados del Puesto.

—¿Qué vamos a hacer ahora, mi teniente? —repitió, por fin, Lituma.

—Yo no sé qué vas a hacer tú —contestó el oficial, poniéndose de pie, con brusquedad, como acordándose de algo urgentísimo. Parecía poseído de una energía violenta—. Pero, te aconsejo que por el momento no hagas nada, salvo echarte a dormir. Hasta que alguien venga a despertarte con la noticia de esas muertes.

Lo vio, decidido, dirigirse a trancos hacia las sombras de la calle, haciendo los gestos característicos: acomodarse la cartuchera que llevaba a la cintura, pendiente del cinturón, y calarse los anteojos negros.

—¿Adónde está usted yendo, mi teniente? —balbuceó, espantado, adivinando lo que iba a oír.

—A tirarme de una vez a esa gorda de mierda —lo oyó decir, ya invisible.

VIII

DOÑA ADRIANA se rió de nuevo y a Lituma le pareció que, en tanto que todo Talara chismeaba, lloriqueaba o especulaba sobre los grandes acontecimientos, la dueña de la fondita no hacía más que reírse. Estaba igual hacía tres días. Así los había recibido y despedido a la hora del desayuno, el almuerzo y la comida, trasantesdeayer, antes de ayer, ayer y hoy mismo: a carcajada limpia. El teniente Silva, en cambio, andaba enfurruñado e incómodo, ni más ni menos que si se hubiera comido el pavo más grande de la vida. Por decimoquinta vez en tres días, Lituma pensó: «¿Qué chucha ha pasado entre este par?».

Las campanas del padre Domingo repicaron en el pueblo, llamando a misa. Sin dejar de reírse, doña Adriana se persignó.

—¿Y qué cree que le harán al tenientito ese, al Dufó ese? —carraspeó don Jerónimo.

Era la hora del almuerzo y, además del taxista de Talara, el teniente Silva y Lituma, también se hallaba en la fonda una pareja joven que había venido desde Zorritos para asistir a un bautizo.

—Lo juzgará el fuero privativo —repuso de mal modo el teniente Silva, sin levantar los ojos de su plato semivacío—. Es decir, un tribunal militar.

—Pero, algo le harán ¿no? —insistió don Jerónimo. Iba comiendo un saltadito con arroz blanco y abanicándose con un periódico; masticaba con la boca abierta y regaba el contorno de residuos—. Porque se supone que un tipo que hace lo que dicen que hizo ese Dufó con Palomino Molero no se puede ir tan tranquilo a su casa ¿no, teniente?

—Se supone que no se puede ir tan tranquilo a su casa —asintió el teniente, con la boca llena y un disgusto evidente de que no lo dejaran comer en paz—. Algo le harán, supongo.

Doña Adriana volvió a reírse y Lituma sintió que el teniente se ponía tenso y que se hundía en su asiento al ver acercarse a la dueña de la pensión. Cómo estaría de muñequeado que ni espantaba las moscas de su cara. Ella llevaba un vestidito floreado, de escote muy abierto, y venía braceando y moviendo pechos y caderas con mucho ímpetu. Se la veía saludable, contenta de sí misma y del mundo.

—Tome un poquito de agüita, teniente, y no coma tan rápido que el bocado se le puede ir por otro lado —se rió doña Adriana, dando unas palmaditas aún más burlonas que sus palabras en la espalda del oficial.

—Qué buen humor se gasta usted últimamente —dijo Lituma, mirándola sin reconocerla. Era otra persona, se había vuelto una coqueta, qué mosca le había picado.

—Por algo será —dijo doña Adriana, recogiendo los platos de la pareja de Zorritos y alejándose hacia la cocina. Se iba moviendo el trasero como si les estuviera haciendo adiós, adiós. «Jesucristo», pensó Lituma.

—¿Usted sabe por qué está así, tan reilona, hace tres días, mi teniente? —preguntó.

En vez de contestar, el oficial le lanzó una mirada homicida, desde detrás de sus gafas oscuras, y se volvió a contemplar la calle. Allá, en la arena, un gallinazo picoteaba algo con furia. Súbitamente aleteó y se elevó.

—¿Quiere que le diga una cosa, teniente? —dijo don Jerónimo—. Espero que no se enoje.

—Si me puedo enojar, mejor no me la diga —gruñó el teniente—. No estoy de humor para huevadas.

—Mensaje recibido y entendido —gruñó el taxista.

—¿Va a haber más muertos? —se rió doña Adriana, desde la cocina.

«Hasta se ha puesto ricotona», se dijo el guardia. Pensó: «Tengo que ir a visitar a las polillas del Chino Liau. Me estoy ahuesando». La mesa del oficial y Lituma y la del taxista estaban separadas y sus voces, para llegar a sus destinatarios, tenían que pasar sobre la pareja de Zorritos. Eran jóvenes, estaban emperifollados y se volvían a mirar a unos y otros, interesados en lo que se decía.

—Aunque no le guste, se lo voy a decir nomás, para que usted lo sepa —decidió don Jerónimo, golpeando la mesa con el periódico—. No hay un solo talareño, hombre, mujer o perro, que se trague el cuento ese. Ni el gallinazo que está ahí se lo traga.

Porque el ave rapaz había vuelto y ahí estaba, negruzco y torvo, encarnizándose contra una lagartija que tenía en el pico. El teniente siguió comiendo, indiferente, concentrado en sus pensamientos y en su hosquedad.

—¿Y cuál es el cuento ese, si se puede saber, don Jerónimo? —preguntó Lituma.

—Que el coronel Mindreau mató a su hija y que luego se mató —dijo el taxista, escupiendo residuos—. Quién va a ser el idiota que se crea semejante cosa, pues.

—Yo —afirmó Lituma—. Yo soy uno de esos idiotas que creo que el coronel mató a la muchacha y que después se mató.

—No se haga usted el inocente, amigo Lituma —carraspeó don Jerónimo, frunciendo la cara—. A esos dos se los cargaron para que no hablaran. Para poder achacarle el asesinato de Palomino Molero a Mindreau. No se haga, hombre.

—¿Eso es lo que andan diciendo ahora? —levantó la cabeza del plato el teniente Silva—. ¿Que al coronel Mindreau lo mataron? ¿Y quiénes dicen que lo mataron?

—Los peces gordos, por supuesto —abrió los brazos don Jerónimo—. Quién si no. No se haga usted tampoco, teniente, que aquí estamos en confianza. Lo que pasa es que usted no puede hablar. Todo el mundo anda diciendo que a usted le han tapado la boca y no lo dejan aclarar las cosas. Lo de siempre, pues.

El teniente se encogió de hombros, como si todas esas habladurías le importaran un pito.

—Si hasta le han inventado que abusaba de su hijita —salpicó arroces don Jerónimo—. Qué cochinos. Pobre tipo. ¿No le parece, Adrianita?

—Me parece muchas cosas, jajajá —se rió la esposa de don Matías.

—O sea que la gente cree que todo eso es inventado —murmuró el teniente, volviendo a su plato con una mueca agria.

—Por supuesto —dijo don Jerónimo—. Para tapar a los culpables, para qué iba a ser.

Sonó la sirena de la refinería y el gallinazo alzó la cabeza y se agazapó. Unos segundos estuvo así, encogido, esperando. Se alejó, por fin, dando saltitos.

—Y entonces por qué cree la gente que mataron a Palomino Molero —preguntó Lituma.

—Por un contrabando de muchos millones —afirmó don Jerónimo con seguridad—. Primero mataron al avionero, porque chapó algo. Y, como el coronel Mindreau descubrió el pastel, o estaba por descubrirlo, lo mataron y mataron a la muchacha. Y como saben lo que le gusta a la gente, inventaron esa inmundicia de que se había cargado a Molero por celos de una hija a la que dizque abusaba. Con esa cortina de humo consiguieron lo que querían. Que nadie hable de lo principal. Los milloncitos.

—Puta que son inventivos —suspiró el teniente. Rascaba el tenedor contra el plato como si quisiera romperlo.

—No diga lisuras que se le va a caer la lengua —dijo doña Adriana, riéndose. Se plantó junto al teniente con un platito de dulce de mango, y, al colocarlo en la mesa,

156

se pegó tanto que su ancho muslo rozó el brazo del oficial. Éste lo retiró, rápido—. Jajajá...

«Qué disfuerzos», pensó Lituma. ¿Qué le pasaba a doña Adriana? No sólo se burlaba del teniente; lo estaba coqueteando de lo lindo. Su jefe seguía sin reaccionar. Parecía cohibido y desmoralizado con los desplantes y burlas de doña Adriana. También él era otra persona. En cualquier otra ocasión, esos capotazos de la dueña de la fonda lo hubieran vuelto loco de felicidad y habría embestido a cien por hora. Ahora, nada lo sacaba de la apatía de rumiante triste en que estaba sumido hacía tres días. ¿Qué chucha había pasado esa noche, pues?

—En Zorritos también se ha sabido eso del contrabando —intervino de pronto el hombre que había venido al bautizo. Era joven, con el pelo engominado y un diente de oro. Tenía una camisa color lúcuma, tiesa de almidón, y hablaba atropellándose. Miró a la que debía ser su mujer—. ¿No es cierto, Marisita?

—Sí, Panchito —dijo ella—. Ciertísimo.

—Parece que hasta se traían frigidaires y cocinas —añadió el muchacho—. Para haber cometido semejantes crímenes tenía que haber muchos millones de por medio.

—A mí la que me da pena es Alicita Mindreau —dijo la de Zorritos, entornando los ojos como si fuera a lagrimear—. La chiquilla es la víctima inocente de todo esto. Pobre niña. Qué abusos se cometen. Lo que da más cólera es que a los verdaderos culpables no les hagan nada. Se quedarán con la plata y libres. ¿No, Panchito?

—Aquí, los únicos que se friegan siempre somos los pobres —rezongó don Jerónimo—. Los peces gordos, jamás. ¿No, teniente?

El teniente se puso de pie tan bruscamente que su mesa y su silla se tambalearon.

—Bueno, me voy —anunció, harto de todo y de todos. Y, a Lituma—: ¿Tú te quedas?

—Ya voy ahorita, mi teniente. Déjeme por lo menos tomarme mi café.

—Que te aproveche —gruñó el teniente Silva, calzándose el quepis y evitando mirar a la dueña de la fonda, quien, desde el mostrador, lo siguió hasta la puerta de calle con una miradita burlona, haciéndole adiós.

Unos minutos después, cuando le trajo la taza de café con agua, doña Adriana se sentó frente a Lituma, en la silla que había ocupado el teniente.

—Ya no puedo más de la curiosidad —dijo el guardia, bajando la voz para que los otros parroquianos no lo oyeran—. ¿No me va a contar qué pasó la otra noche entre usted y el teniente?

—Pregúntaselo a él —repuso la dueña de la fonda, la redonda cara refulgiendo de malicia.

—Se lo he preguntado más de diez veces, doña Adriana —insistió Lituma, a media voz—. Pero se hace el tonto y no suelta prenda. Ande, no sea egoísta, cuénteme qué pasó.

—Ser tan curioso es de mujeres, Lituma —se burló doña Adriana, sin que la sonrisita burlona que la adornaba hacía tres días se le fuera de la cara.

«Parece una churre que hubiera hecho una travesura», pensó Lituma. «Hasta se ha rejuvenecido y todo.»

—También se ha dicho que pudo ser algo de espionaje, más que de contrabando —oyó decir a don Jerónimo, quien se había puesto de pie y conversaba con la pareja de Zorritos, apoyado en el respaldo de una silla—. Se lo he oído al dueño del cine Talara. Y don Teotonio Calle Frías es hombre serio, que no habla por hablar.

—Si él lo dice, por algo lo dirá —apuntó Panchito.

—Cuando el río suena, piedras trae —corroboró Marisa.

—En fin, doña Adrianita, no se moleste por la pregunta, tengo que hacérsela porque me come —susurró Lituma, buscando las palabras—. ¿Se acostó con el teniente? ¿Le dio gusto, al fin?

—Cómo te atreves a preguntarme eso, malcriado —susurró la dueña de la fonda, amenazándolo con el índice. Quería parecer enojada pero no lo estaba: la lucecita sardónica y satisfecha bullía siempre en sus ojitos pardos, y su boca seguía entreabierta en la sonrisa ambigua de quien se está acordando, entre feliz y arrepentido, de alguna maldad—. Y, por lo pronto, baja la voz, que Matías te puede oír.

—Que Palomino Molero descubrió que pasaban secretos militares al Ecuador y que por eso lo mataron —decía don Jerónimo—. Que el jefe de la banda de espías era tal vez el mismísimo coronel Mindreau.

—Carambolas, carambolas —comentaba el de Zorritos—. Una historia de película.

—Sí, sí, de película.

—Qué me va a oír si hasta aquí se oyen los ronquidos, doña Adrianita —susurró Lituma—. Es que, no sé, vea usted, todo es tan raro desde esa noche. Yo me las paso tratando de adivinar qué pudo ocurrir aquí para que usted esté desde entonces tan descocada y el teniente tan chupado.

La dueña de la fonda soltó una carcajada y se rió un buen rato con tanta fuerza que los ojitos se le llenaron de lágrimas. Su cuerpo se remecía, las grandes tetas bailaban, libres y ubérrimas, bajo el vestidillo floreado.

—Claro que anda chupado —dijo—. Yo creo que le bajé los humos para siempre, Lituma. Tu jefe nunca más volverá a dárselas de violador, jajajá.

—A mí no me extraña nada lo que cuenta don Teotonio Calle Frías —decía el de Zorritos, lamiéndose el diente de oro—. Yo, desde un principio, me las olí: detrás de esta sangre tiene que andar la mano del Ecuador.

—Pero qué hizo para bajarle los humos, doña Adrianita. Cómo pudo dejarlo tan aplatanado. No sea soberbia. Cuente, cuénteme.

—Además, seguro que a esa chiquilla Mindreau, antes de matarla la violarían —suspiró la de Zorritos. Era una morenita crespa y achispada, embutida en un vestido azul eléctrico—. Eso es lo que hacen siempre. De los monos se puede esperar cualquier cosa. Y eso que yo tengo parientes en el Ecuador.

—Entró con su revólver en la mano tratando de meterme miedo —susurró la dueña de la fonda, aguantándose la incontenible risa y entrecerrando los ojos como para ver, de nuevo, la escena que la divertía tanto—. Yo estaba dormida y me dio un susto tremendo. Creí que era un ladrón. No, era tu jefe. Entró rompiendo la chapa de esa puerta. El muy sinvergüenza. Creyendo que iba a asustarme. El pobre, el pobre.

—Yo no he oído nada al respecto —masculló don Jerónimo, alargando la cabeza por entre el periódico con el que ahuyentaba a las moscas—. Pero, por supuesto, no me extrañaría que, además de matarla, la violaran. Varios, sin duda.

—Comenzó a decirme una serie de huachaferías —susurró doña Adriana.

—¿Cuáles? —la cortó Lituma.

—Ya no puedo seguir viviendo con tantas ansias. Me estoy rebalsando de deseo de usted. Este metejón no me deja vivir, ya alcanzó el límite. Si yo no la poseo, terminaré pegándome un tiro un día de éstos. O pegándoselo a usted.

—Qué cómico —se retorció de risa Lituma—. ¿De veras le dijo que se estaba rebalsando o se lo achaca usted de puro mala?

—Creyó que iba a conmoverme o asustarme, o las dos cosas —dijo doña Adriana, palmoteando al guardia—. Qué sorpresa se llevó, Lituma.

—Seguro, seguro —dijo el de Zorritos—. Varios, por supuesto. Siempre es así.

—¿Y usted qué hizo, doña Adrianita?

—Me quité el camisón y me quedé en cueros —susurró doña Adriana, ruborizándose. Sí, tal cual: se había quitado el fustán. Estaba en cueros. Fue algo súbito, un movimiento simultáneo de ambos brazos: levantaron la prenda de un golpe violento y la tiraron a la cama. En la cara que emergió por debajo de los pelos revueltos, sobre esas carnes rollizas que blanqueaban la penumbra, no había miedo sino furia indecible.

—¿Calata? —pestañeó, dos, tres veces, Lituma.

—Y empecé a decirle a tu jefe unas cosas que nunca se soñó —explicó doña Adriana—. Mejor dicho, unas porquerías que nunca se soñó.

—¿Unas porquerías? —siguió pestañeando Lituma, puro oídos.

—Ya, pues, aquí estoy, qué esperas para calatearte, cholito —dijo doña Adriana, con la voz vibrando de desprecio e indignación. Sacaba el pecho, el vientre, y tenía los brazos en jarras—. ¿O te da vergüenza mostrármela? ¿Tan chiquita la tienes, papacito? Anda, anda, apúrate, bájate el pantalón y muéstramela. Ven, víolame de una vez. Muéstrame lo macho que eres, papacito. Cáchame cinco veces seguidas, que es lo que hace mi marido cada noche. Él es viejo y tú joven, así que batirás su récord ¿no, papacito? Cáchame, pues, seis, siete veces. ¿Crees que podrás?

—Pero, pero... —balbuceó Lituma, atónito—. ¿Es usted la que está diciendo esas cosas, doña Adrianita?

—Pero, pero... —balbuceó el teniente—. Qué le pasa a usted, señora.

—Yo tampoco me reconocía, Lituma —susurró la dueña de la fonda—. Yo tampoco sabía de dónde me salían esas lisurotas. Pero le agradezco al Señor Cautivo de Ayabaca que me diera esa inspiración. Yo hice la romería una vez, a patita limpia, hasta Ayabaca, en sus fiestas de octubre. Por eso me iluminaría en ese instante. El pobre se quedó tan alelado como te has quedado tú. Anda, pues, papacito, sácate los pantalones, quiero verte la pichulita, quiero saber de qué tamaño la tienes y empezar a contar los polvos que vas a tirarme. ¿Llegarás a ocho?

—Pero, pero... —tartamudeó Lituma, la cara ardiéndole, los ojos como platos.

—Usted no tiene derecho a burlarse así de mí —tartamudeó el teniente, sin cerrar la boca.

—Porque todo eso se lo decía de una manerita más cachacienta de lo que oyes, Lituma —explicó la dueña de la fonda—. Con una burla y una rabia tan grandes que le gané la moral. Se quedó turulato, si lo hubieras visto.

—No me extraña, doña Adriana, cualquiera en su caso —dijo Lituma—. Si yo mismo estoy turulato, oyéndola. ¿Y él qué hizo, entonces?

—Por supuesto que ni se quitó el pantalón ni nada —dijo doña Adriana—. Y todas las ganas que traía se le hicieron humo.

—No he venido a que se burle de mí —clamó el teniente, sin saber dónde meterse—. Señora Adriana.

—Claro que no, concha de tu madre. Tú has venido aquí a meterme miedo con tu pistolita y a violarme, para sentirte muy macho. Viólame, pues, supermán. Anda, apúrate. Viólame diez veces seguidas, papacito. Así me quedaré contenta. ¿Qué esperas?

—Usted se volvió loca —susurró Lituma.

—Sí, me volví loca —suspiró la dueña de la fonda—. Pero me salió bien. Porque, gracias a mi locura, tu jefe se fue con la música a otra parte. Y con el rabo entre las piernas. Haciéndose el ofendido para colmo, el muy conchudo.

—Vine a confesarle un sentimiento sincero y usted se burla y me ofende —protestó el teniente—. Rebajándose a hablar como una polilla, además.

—Y míralo cómo ha quedado. Por los suelos —añadió doña Adriana—. Si hasta me da pena, ahora.

Se reía otra vez a carcajadas, feliz de ella y de sus gracias. Lituma se sintió inundado de solidaridad y simpatía hacia su jefe. Con razón andaba tan jodido, lo habían humillado en su dignidad de hombre. Cuando se lo contara, los inconquistables harían un gran alboroto. Dirían que doña Adriana merecía, más todavía que la Chunga, ser la reina de los inconquistables y cantarían el himno en su honor.

—También se anda diciendo que podría ser cosa de mariconerías —insinuó el de Zorritos.

—¿De mariconerías? ¿Ah, sí? —pestañeó don Jerónimo, relamiéndose—. Podría, podría.

—Claro que podría —dijo el de Zorritos—. En los cuarteles abundan los casos de mariconería. Y las mariconerías, ya se sabe, tarde o temprano terminan en crímenes. Perdona que hablemos estas cosas en tu delante, Marisita.

—No tiene nada de malo, Panchito. La vida es la vida, pues.

—Podría, podría —reflexionaba don Jerónimo—. ¿Quién con quién? ¿Cómo sería eso?

—Nadie se cree la historia del suicidio del coronel Mindreau —cambió de tema, de pronto, doña Adriana.

—Así estoy viendo —murmuró Lituma.

—La verdad es que yo tampoco —añadió la dueña de la fonda—. En fin, cómo será.

—¿Usted tampoco se la cree? —Lituma se puso de pie y firmó el vale por el almuerzo—. Sin embargo, yo sí me creo la historia que usted me ha contado. Y eso que es más fantástica que el suicidio del coronel Mindreau. Hasta luego, doña Adriana.

—Oye Lituma —lo llamó ella. Puso unos ojos brillantes y pícaros y bajó mucho la voz—: Dile al teniente que esta noche le haré el tacu-tacu con apanado que tanto le gusta. Para que me quiera de nuevo un poquito.

Lanzó una risita coqueta y a Lituma se le salió también la risa.

—Se lo diré tal cual, doña Adriana. Hasta lueguito.

Pucha, quién entendía a las mujeres. Avanzaba hacia la puerta cuando oyó a don Jerónimo, a su espalda:

—Amigo Lituma, por qué no nos dice cuánto le pagaron al teniente los peces gordos para inventar la historia esa del suicidio del coronel.

—No me gustan esas bromas —repuso, sin volverse—. Y al teniente, menos. Si supiera lo que usted dice, le pesaría, don Jerónimo.

Oyó que el viejo taxista murmuraba «cachaco de mierda», y, un segundo, dudó si regresar. Pero no lo hizo. Salió al calor agobiante de la calle. Avanzó por el ardiente arenal, entre una algarabía de chiquillos que pateaban una pelota de trapo y cuyas sombras tejían una agitada geografía alrededor de sus pies. Comenzó a sudar; la camisa se le pegó al cuerpo. Increíble lo que le había contado doña Adriana. ¿Sería cierto? Sí, debía ser. Ahora entendía por qué el teniente andaba con el ánimo en las patas desde esa noche. La verdad, también el teniente era cosa seria. Antojarse de su gorda en ese momento, en medio de la tragedia. Vaya antojo. Pero qué mal le salió la cosa. Doña Adrianita, quién se la hubiera creído, una mujer de armas tomar. La imaginó, calata, burlándose del teniente, el robusto cuerpo vibrando mientras accionaba, y al oficial, alelado, no queriendo creer lo que oía y veía. Cualquiera hubiera perdido la vida y sentido ganas de salir corriendo. Le vino un ataque de risa.

En el Puesto encontró al teniente sin camisa, en su escritorio, empapado de sudor. Con una mano se abanicaba y en la otra sostenía un telegrama, muy cerca de sus anteojos. Lituma adivinó, bajo los cristales oscuros, los ojos del oficial moviéndose sobre las líneas del telegrama.

—Lo cojonudo de todo esto es que nadie se cree que el coronel Mindreau mató a la muchacha y luego se mató —dijo—. Hablan las cojudeces más grandes, mi teniente. Que fue un crimen por el contrabando, que por espionaje, que metió la mano el Ecuador. Y hasta que fue por cosas de rosquetes. Figúrese la estupidez.

—Malas noticias para ti —dijo el teniente, volviéndose hacia él—. Te han transferido a un puestecito medio fantasma, en el departamento de Junín. Tienes que estar allá en el término de la distancia. Te pagan el ómnibus.

—¿A Junín? —dijo Lituma, mirando hipnotizado el telegrama—. ¿Yo?

—A mí también me trasladan, pero aún no sé adónde —asintió el teniente—. A lo mejor allá, también.

—Eso debe estar lejísimos —balbuceó Lituma.

—Ya ves, pedazo de huevón —lo amonestó su jefe, con cierto afecto—. Tanto que querías aclarar el misterio de Palomino Molero. Ya está, te lo aclaré. Y qué ganamos. Que te manden a la sierra, lejos de tu calorcito y de tu gente. Y a mí tal vez a un hueco peor. Así se agradecen los buenos trabajos en esta Guardia Civil a la que tuviste la cojudez de meterte. Qué va a ser de ti allá, Lituma, dónde se ha visto gallinazo en puna. Me muero de pena sólo de pensar en el frío que vas a sentir.

—Jijunagrandísimas —filosofó el guardia.

El pez en el agua

Mario Vargas Llosa

PREMIO NOBEL 2010

El pez en el agua recorre dos épocas en la vida de Mario Vargas Llosa que enmarcan buena parte de su producción literaria. En la primera, desde sus primeros años hasta su partida a Europa, asistimos al nacimiento de una vocación literaria y descubrimos muchas de aquellas vivencias que serán el mimbre de tantas novelas. La segunda es la crónica de la aventura política en la que el autor se embarcó entre los años 1987 y 1990, cuando se presentó como candidato a las elecciones presidenciales del Perú.

«Hay que leer *El pez en el agua*, un libro capital en su bibliografía en el que está la sustancia de lo que dice el jurado que le concede el Nobel: el Vargas Llosa que mira al poder desde dentro o desde sus orillas, y el que sigue maravillado y aterrado ante algunos de los elementos más sobresalientes de su niñez y de su juventud.»
JUAN CRUZ, *El País*

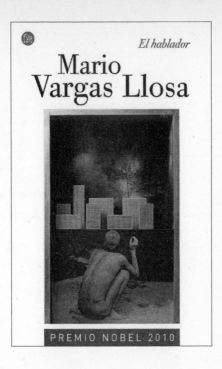

El hablador

Mario
Vargas Llosa

PREMIO NOBEL 2010

En esta novela, Mario Vargas Llosa contrapone con extraordinario virtuosismo técnico dos mundos que parecen vivir enfrentados, el de las sociedades modernas y el de los pueblos que viven en armonía con la naturaleza. A su vez conduce al lector a un viaje vertiginoso por el imaginario colectivo de los indios machiguengas, que le sirve para desarrollar, una vez más, una de sus obsesiones: el papel de la ficción en la vida de los hombres.

«La imagen de esos primitivos habladores que recorrían los bosques llevando historias de aldea en aldea me acompañó urgiéndome cada día más a fantasear una historia a partir de ellos.»
MARIO VARGAS LLOSA